S P R I N G

每一本好書都是一顆種子，
春天播種在你的心田夢土上。

Spring

S P R I N G

每一本好書都是一顆種子，
春天播種在你的心田夢土上。

Spring

S P R I N G

每一本好書都是一顆種子，
春天播種在你的心田夢土上。

Spring

S P R I N G

每一本好書都是一顆種子，
春天播種在你的心田夢土上。

紅線。
The Red Thread
他失戀，
變得更肥，更宅。
慘上加慘的是，相戀多年的前女友婚期將近。
幸好，他發明了比月老更厲害的……
M晶片！
九把刀 著
封面繪圖 恩佐

新版序

這篇故事在創作後全部報應在我身上，一語成讖。
眞是複雜的感覺。

當初用了很多很多親身經歷的橋段泥塑這個故事，也寫進了許多峰迴路轉的深刻反省。交往多年的女友離我而去，就在完成這個故事的多年以後。

故此一直迴避重新閱讀這個故事，只有在改版時重新修稿，才又將自己好不容易結痂的傷口重新撬開。

慢慢的，用漸漸模糊的視線檢視過去寫這個故事時，那段有她陪伴的日子。

那時，我的創作只有網路。距離征服天下有很大的、無法靠近的差距。

可是有她。

回到故事。

《紅線》的男主角一點都不討喜，又胖，又宅，除了頂尖的智商外其他層面都是廢物等級的平庸。這點跟一般的愛情故事不一樣，卻最接近我們之間的任何一人。

慾望跟情感不可能分得太清楚，人一旦激烈愛上了，很自然就想佔有對方。這不是情感的變質，也無關對錯。如果眞能保持理性，去交友中心填個婚姻介紹表就好了，又何需轟轟烈烈的愛情？

最理智的人也會在愛情上犯錯，在面臨摯愛移情別戀的時候，腎上腺素暴衝破表，所有可能挽回愛情的愚蠢行動都可能列入選項。

如果你的手上有M晶片，你會使用它攻佔你的愛情嗎？

別回答得太早。

只要你是愛情的俘虜，別，回答得太早。

九把刀

1

「嗨，是我。」

我拿著話筒，我的聲音她很熟悉。

「嗯，最近工作還是那麼忙？」

她的聲音有些疲倦。

「還是一樣忙，不過實驗最近有突破了，所以接下來的幾天還會更忙。」

「那麼忙，也要多休息。有假休的話，就不要再熬夜了。」她叮嚀。

「嗯。」我微微笑。儘管我每天都無法安穩地入眠。

我靜靜閉上眼睛，輕啜著右手中的可樂。

「可樂少喝，你已經夠胖了。」

……她總是知道，總是知道有關我的一切。

「後天是禮拜天，妳有沒有空？」

我有些緊張，坐在馬桶上，將可樂慢慢倒進浴缸裡。

「你明明知道的。」她嘆了口氣。

「我有兩張《不可能的任務》第十三集的首映票，妳很喜歡Tom的不是？記得我們第一次約會，就是在華納威秀裡看《不可能的任務》第八集，那一集……」

「那些都過去了，你知道的。」她的聲音開始沉重。

「阿湯哥雖然老了，但是演技卻更成熟，也許妳……」我的聲音有些不自然。

「禮拜天孟修已經約我去看電影了，對不起。」

她說完後，空氣開始凝結在我的耳邊。

「那下個星期日呢？做什麼都可以，喝喝下午茶？」

我看著事先寫好的紙條，一個字一個字，痛苦地唸著。

紙條裡，列明了萬一被她拒絕後，還可以勉強吐出的選項。

每個選項，都是懇求，都是哀憐。

「每個週末，孟修都會約我，如果他不約我，我也會約他。」

她的聲音平靜地殘酷。

「那……那不是週末的時間呢？雖然我常常睡實驗室，但是一起吃頓宵夜……我……我還有時間。」我深深吸了口氣。

她好像有些不高興，說：「彥翔，我好像說過很多次了，我們只是朋友。」

「我知道，我只是……」

我緊緊地捏著可樂罐，窘迫的力量將鋁罐擠壓得歪七扭八。

「只是什麼？只是想跟我聊聊？」她的聲音有些冷峻，說：「當初爲什麼不肯多跟我說說話？」

「對不起，我……我是個笨蛋。」我眞的是個笨蛋。

不只是個笨蛋，還是個死胖子。

我摸著自己腰上一圈無堅不摧的肥肉，默默地看著鏡子中醜陋的自己，聽著她若有似無的呼吸聲。

「如果沒事的話，我要睡了，明天還要幫老闆找很多資料，可能需要跑一趟台北。」她疲憊地道別：「你也早點休息吧，晚安。」

「晚安。」

我看著鏡子，電話裡只剩單調空洞的絕望聲。

噗通。

但是悔恨並沒有隨著它滑出我的身體。

2

不知道在陽台上待了多久，天空的邊有些發藍。

我已經不抽菸了。

但是我還是點了支菸，放在陽台的鐵欄杆上，看著它寂寞地燒著。

燒著，我生命中最美好的時光。

「賴彥翔，你是個混蛋兼白癡。」我點燃第十六支菸，喃喃咒罵自己。

我的確該罵，甚至該被狠狠扁上一頓。

三年前，我拋棄了跟我相戀六年的女友，子晴。

就因為我那壓力沉重的工作，害我假日泡在實驗室裡，跟一堆莫名其妙的東西為伍，幾乎沒有時間跟子晴好好講講話、看場電影、喝喝咖啡。心生愧疚之餘，我居然喪心病狂地提出了「暫時分手」這麼詭異的說辭，氣走了陪我一路走來的女友……前女友。

不需要多久，大概一個多月吧，我就發現運算能力排名全世界第二十六名的超級電腦、最昂貴的生化模擬程式、亞洲最精密的實驗儀器、常春藤名校畢業的一群工作夥伴、老是敲打強化玻璃的猴子……這些通通加起來，都遠遠比不上六年的深刻感情。

花了六年經營的感情，就這麼被我這自私的笨蛋給砸了。

我一點都不怪子晴，我只怪我自己。豬頭。

「天都快亮了，你還不睡覺？」我自言自語。

昨天量了體重，比上個月又重了三公斤。

眞不知道我究竟爲何把自己搞得這麼糟糕。

菸，又燒到了盡頭。

我看了看錶，四點十一分。

乾脆去實驗室睡吧，免得爬不起來。今天的實驗至爲重要。

穿上一件薄外套，在樓下的永和豆漿胡亂吃一頓後，我開著保持捷小跑車飆到位於台中中港路的公司。一棟雖不破舊，但也絕不起眼的商業大樓。

台灣SONY股份有限公司台中分部。

「嗨！今天又那麼早？」樓下的老廖爽朗地說。

「嗯，沒辦法。」我聳聳肩。

我跟神采奕奕的管理員打了招呼後，拿出實驗室的VIP電子卡一刷，進了公司高級員工專用的特製電梯。

電梯裡還得再刷一次卡，牆上的電子面板才會出現可供選擇的樓層選項。

我熟悉地按了「B13」，電梯頓時墮入地底深處。

每一種VIP卡的等級都不同，所出現的樓層選項也不會一樣。也因此特製的員工電梯一次僅能負載一人，這是公司的內規。話說除了日本總公司的幾個大老闆之外，我的VIP卡能夠通行的樓層，全公司無與抗衡。

因爲我隸屬TST團隊，Top Secret Team。

全公司，包括日本SONY總部，TST一共只有十七個人。

TST全都是菁英中的菁英，擁有人們口中的各種稱號：天才、鬼才、變態、怪胎、怪咖等等，全都以實驗室爲家，靠在世界最頂級的設備上睡午覺、在超級電腦前發呆吃薯條。是宅中之宅。

一個個，坐擁百萬美金年薪的TST團隊。

電梯門打開了。

跟科幻電影不同的是，眼前並沒有灰白色的隧道，而是一個貼滿明星海報的橢圓工作室，還有變性合聲團體「法客優」的妖魔歌聲。

「嗨嗨嗨！又失眠了吧？」

一個披頭散髮，穿著國小學生制服的削瘦男子尖叫道：「我剛剛又全破了！眞是太神了我！」指著56吋的液晶螢幕，上面是太空戰士17的遊戲破關動畫。

他叫Sam。這個禮拜叫Sam。

今年三十六歲，本週角色扮演的主題是「愛蹺課的遊戲頑童」，是一個喜歡用實驗室尖端設備打電動的角色，個性的設定不明，因爲我不想知道。

「嗯，來公司睡，你不要打太大聲，有事再叫我起床。」

我熟練地拿起位子上的被單，倒在大大的沙發上。

「肥豬，天涯何處無芳草，何必單戀一枝花？」Sam 撕開小學生緊繃的制服，大叫：「爲了你，死肥豬！我提早改變造型，爲你高歌一曲！」

Sam 拿起吉他，胡亂地彈著見鬼的噪音，大喊大叫：「不要發出失戀的能量啊！明天仍舊有希望！黃昏的雲彩多美麗！看我們多歡喜！大家一起唱 Oh～～Come on！不要發出失戀的能量！不要！Oh 不要！儘管前方有災有難！但是爲了愛的出航！你一定要忍耐！有愛的明天就會到來！Oh～～」

「Sam，白癡創作歌手 Flower，你上上個月就扮過了。」我摀著耳朵，痛苦道：「現在麻煩讓我好好睡個覺，我快死了。」

「扮過了？叫 Flower？」Sam 張大嘴巴。

「是的，Flower 整整吵了大家一個禮拜。」我閉上眼睛。

「詭異，眞是太詭異了，那麼……」Sam 輕輕笑著：「那這次我就扮個清純的古老民歌歌手，叫 Aloha，個性溫純有禮貌，現在爲來賓獻唱一首，木棉道。」

Aloha 簡單梳理了長髮，輕輕撥弄吉他，唱著：「木棉道，我怎能忘掉？那是去年夏天的高潮，木棉道……」

無論如何，Aloha總比Flower好。所以我很快就睡死了。

直到M計畫實驗開始。

3

「彥翔，起來了！」

前野將我搖醒，拍拍我的臉。

「嗯？幾點了？」我睡眼惺松地問，打了個哈欠。

「十點半，我們差不多都弄好了，實驗就快開始了。」前野遞了杯熱茶給我。

前野是個日本男人，以前的志願是當個AV男優，但因為在應徵時一直很緊張，說什麼也翹不起來，所以不斷地被片商刷掉，沒法子，只好回哈佛把醫學博士跟電機博士念完，最後被SONY派到台灣參與TST的研究計畫。

人生遭遇之奇，莫過於此啊。

前野今年四十二歲，頂上禿頭金光閃閃，戴著深黑色的粗框眼鏡，個性鬼鬼祟祟的，非常好色，傳說他曾經在實驗室裡用56吋的大螢幕放A片打手槍，雖然是誇張了點，不過也沒法子，誰叫他交不到女朋友，又不好意思召妓。

「希望今天有突破，我好想放個長假啊。」我勉力爬了起來，一口喝掉熱茶。

和前野一同走向橢圓形工作室另一個門，刷了卡，走進眞正的TST實驗室。

明亮几淨，恆溫空調，兩旁幾個圓柱強化玻璃裡，罩著幾隻猴子。

超級電腦坐落在中央，Aloha背著吉他，穿著樸素地坐在電腦前敲敲打打，電腦螢幕上的細胞密碼飛快地運算、重新組合。

走進這間實驗室，並不需要穿著絕塵衣或特殊的器材，因爲這裡所研究的高科技晶片還未到量產的階段。重點是，我們都不喜歡穿那些鬼東西。

「悟空的情況還好吧？」我問，看著強化玻璃裡吃著生菜漢堡的大猴子。

「很健康，體重多了半公斤，肌肉比率增加百分之五，野得很。」

一個漂亮的女人轉頭說道。但我們全都盯著她的腿。

她是嘉玲，是TST裡的美麗的存在，麻省理工生化碩士。

她不需要念到博士就可以證明自己的聰慧。

「達爾狀況也不錯，剛剛睡醒。」嘉玲檢查了悟空跟達爾的體能數據，拍拍手，閉眼祈禱著：「希望今天不只順利，還要順利到足以放長假。我三天沒睡好覺了，這樣怎麼有時間交男朋友？」

「一定會成功的，我也需要休假把子晴追回來。」我揉著眼睛。

「大家做完例行簡報，就開始吧。」

一個梳著油頭，穿著深黑色長皮衣的粗獷男子說。

粗獷男子叫 Ken，他堅持不讓我們叫他的本名「王財寶」，是 TST 本週的值日生，負責這個星期的實驗進度。

話說 Ken 是被史丹福退學兩次的憂鬱男子，只因爲他不小心在實驗室引爆了自製的 CPU 炸彈。眞是大驚小怪。

「M晶片在悟空跟達爾的腦子裡已經過了三個月又八個小時，身體機能沒有異狀。」嘉玲微笑：「結論沒變，M晶片應當對猴子沒有傷害。」

「悟空腦內的M晶片，顯示今日腦波頻率 M78.3957，月平均是 M78.3866，頻率可能的誤差值在0.2以內，M晶片效果很穩定。」我看著數據。

「達爾腦內的M晶片，顯示今日腦波頻率M85.4455，月平均是M85.7420，頻率可能的誤差值在0.2以內，M晶片效果很穩定。」前野杵著下巴。

「衛星已經就位，簡單說完。」Aloha看了看電腦螢幕。

「微型波射器也就位，儀器作用正常。」大山說。

「已確實隔離弗力札、賽魯、悟飯、普烏。天津飯跟龜仙人也就位，腦波頻率各是M66.3782跟M98.3761。」宗昇有條不紊地說。

兩隻猴子，天津飯跟龜仙人齜牙咧嘴地在玻璃內笑著。

「準備好了？」Ken有些興奮。

「努力了四年，也許今天就是那一天。」前野有點感性。

「如果今天成功了，我就痛打前野一頓。」Aloha默禱。

「爲什麼成功了還要打我？」前野不滿地看著Aloha。

「你寧願不被打，也不願實驗成功？」Aloha吃驚地看著前野，前野只好住嘴。

「Aloha，按下去吧，以悟空做晶片主體，以達爾爲晶片客體。」Ken緊握拳頭，認真的表情好像在開戰鬥機。

「Well, welcome to a whole new age!」Aloha按下按鈕。

微型波射器發出信號，透過線路強波發送到在外太空等待的SONY小衛星，小衛星反射信號，穿過厚厚的大氣層衝向地下十三層，衝向位於悟空跟達爾腦中的超微M晶片！

但，沒有異狀。

悟空在玻璃裡抓著自己的屁股搔癢，顧盼自得。

達爾打著哈欠，若有所思。

「還是沒效嗎？」嘉玲苦著臉。

「數據呢？」我問，心懸在半空。

「悟空當然還是M78.3957，達爾也還是……還是……M85.4455，沒變，唉。」Aloha嘆了口氣。

眾人一陣哀號，大山舉臂哀號。

「等一等！」

Aloha大叫，大家怔住。

「變了！變了！達爾的腦波變成M84.8897！M84.3466！還在下降！還在下降啊！M83.8888！」Aloha跳在椅子上，紅著臉、粗著脖子大叫。

「什麼？」嘉玲尖叫，搶上前看電腦上的數據。

「M81.5343！」我抱住睜大眼睛的大山，兩人一起興奮地跳著。

「還在下降！快！看看達爾跟悟空的體能數據！」Ken緊張地說。

「心跳、血壓、神經系統、內分泌全都ＯＫ！健康得不得了！」嘉玲喜呼。

我看著分隔在兩面強化玻璃後的悟空跟達爾。

達爾竟停止打哈欠，看著拼命抓癢的悟空。

「達爾的腦波降到M78.3957！跟悟空一模一樣！前野！」Aloha脫下吉他，甩著長髮大叫。

「太棒啦！啊！你幹嘛啊？！」前野哈哈大笑，隨即被Aloha一掌劈倒，鮮血劃出前野的鼻樑。

「停止下降了，非常精確地停在M78.3957，不偏不倚！就停在M78.3957啊！我們都是天才！」大山哭著喊道：「我們都是天才啊！」

「我愛你！悟空！我愛你！達爾！感謝你們讓我放大假！讓我配股配股配股

配股……賺大錢！」宗昇抓著自己的頭髮，跪在地上親吻冰冷的地板。

「眞是劃世紀的大創舉，創造歷史的一刻，而我竟然眞參與了這美妙的瞬間。」我用力拍著自己的臉，試圖平靜下來。

還是Ken最冷靜，大聲叫道：「大家冷靜下來！現在進行第二階段，把悟空跟達爾放在一起吧。」

一陣手忙腳亂後，達爾被放入悟空居住的玻璃籠子裡。

TST所有的七個成員，全都在趴在玻璃外看著他倆的互動。

當初選悟空跟達爾當作實驗組是有原因的，因爲他倆還在動物園時，是經常打架爭猴王地位的敵手，個性不和的差距使他們成爲SONY祕密實驗中的兩大要角，得以享譽人類歷史光榮的一瞬間。

「達爾好像轉性了？眞的有效的樣子？」我看著玻璃籠子裡的達爾。

達爾正疑惑地看著悟空。

悟空也有些狐疑，但仍繼續摳著紅通通的屁股。

悟空嘗試性地碰了達爾一下，達爾並沒有抓狂，只是吸吮著手指。

「給他香蕉吧？」嘉玲說，於是Aloha丟了一根香蕉進去。

達爾撿起香蕉，剝了皮，吃了一口，竟遞給屁股特癢的悟空。

悟空看起來有些詫異，竟不敢接過香蕉。

「Shit！看來我們要拿諾貝爾獎了。」我笑道。

「拿不到的，天知道公司上面的大老闆會怎麼隱藏這件祕密。」前野認真地說：「我們只是獲得超額年薪的幕後功臣，但真正獲得暴利的卻是大老闆們。」

「該滿足了，至少，哈！相不相信我們的年薪至少翻兩翻！」宗昇嘻嘻一笑。

「放假了。」嘉玲感動地說，看著悟空終於吃掉手中的香蕉。

M晶片，Mind-Controling Micro-Chip。

就在西元二〇二一年九月二十四日，台灣 SONY 祕密的地下 13 樓裡，M晶片偷偷改寫了人類的歷史。

也偷偷改寫我們這一群人的生命。

4

自從我加入SONY的TST團隊以來，M晶片的研究就是我生命的核心。

它幾乎攫取了我所有的時間。所有的所有。

而M晶片僅僅以年薪兩百萬美金的代價便換取這一切。

什麼是M晶片？

爲什麼M晶片的祕密研究地點竟然是在台灣，而非日本總公司？

M晶片，Mind-Controling Micro-Chip，心靈控制超微晶片。大小不過是一元硬幣的萬分之一，卻能夠讀取生物腦波的頻譜，再加以質化、量化腦波的形式與頻率。

比如說猴子的腦波頻譜的質化部份，我們就以 Monkey 的 M 字開頭，最後再加上量化的數字形式，來代表腦波的能量波長。

很屌嗎？我說還好。這個階段我們早在 TST 成立的兩年內就達到了。

SONY 的總公司高層大喜，給了我們每人價值三百萬美金的股票紅利，所以我們是一群億萬富翁級的超高級工程師，擁有連矽谷工程師都望塵莫及的身價。幾乎不算是員工，而是直接與公司利害相關的小股東。

當然了，後面還有更多的股票等著我們。

然而Ｍ晶片最驚人的研究在後頭，也就是如何利用確知腦波能量的先研究，進行協調、改變生物的腦波能量運作的方式，達到心靈控制的魔術境界。

三年前 TST 團隊在白老鼠群中植入腦內Ｍ晶片，死了好幾百隻後，終於能夠經由衛星發送命令，使所有白老鼠的腦波都向其中一隻白老鼠看齊，整合成一群動作整齊劃一的老鼠團隊。

可喜的是，這一群老鼠的壽命或健康，卻沒有因爲植入Ｍ晶片而減短。

但要將晶片植入靈長類的腦中，並加以控制腦波能量的形式，這個難度一下子拉得太高，使得Ｍ晶片的研究進度一直處於龜速。

半年前以奇幻小說《魔戒》角色群命名的一群猴子，就因受不了衛星傳遞過來的命令所激發出的能量，頭疼到撞牆死掉。

這樣的晶片太過危險，我們TST不斷改良了M晶片的設計，將能量發送器加以縮減，再增加與大腦神經突觸感應的生化界面模擬器數量。

幾番測試，終於在今天寫下歷史，M晶片成功控制了靈長類的腦波頻率！

M晶片的研究已經初步成功了，接下來TST所要做的，可以想見，當然是向靈長類的頂端、願意把錢掏給SONY公司的人類進攻。

不過讓M晶片展開人體實驗這恐有道德爭議又麻煩的事，在香檳淋溼我們的同時，大家都不願多做想像，一切都等SONY高層決定後再說。

現在，等著放大假就對了。

至於爲何將研究的地點選在台灣，而不是東京或是日本其他的地點？這是爲了避開商業間諜的耳目。選在工商業都市台中，而非新竹科學園區或台北，更是爲了隱密。還特意打造了深藏地底下的超一流實驗室。

至於TST團隊內部，SONY倒是相當信任我們，因爲SONY認爲他們出的價碼已是天價，準能封住我們的嘴。這點倒是沒錯。

TST橢圓工作室，堆滿披薩空盒的桌子，以及躺在牆角的成箱香檳空瓶。

昨日的狂賀，今日只剩下垃圾一堆。

「你確定要立刻呈報上面我們的進度？」嘉玲噘著嘴說：「我怕進度一報上去，我們就要立刻展開人體實驗，只會更忙啊！哪有時間放長假？」

我點點頭，說：「對啊，要不要晚兩個星期報上去？反正沒人會知道的，要進行人體實驗也不必急吧？」

Ken深思道：「也是，我想到尼泊爾一帶旅行，吸收日月精華。」

宗昇搖搖頭說：「你們看過一片叫《透明人》的老片嗎？雖然是演戲，不過他們科學實驗的情形跟我們還真是像，如果延後通報上級的時間，情況恐怕會超出我們的意料之外。何況，M晶片的能力只有比透明技術更加可怕，萬一有個萬一，我們的配股怎麼辦？」

嘉玲有些不願，說：「那部老電影在演什麼？」

前野的年紀夠大，他說：「《透明人》是二十幾年前的老片了，描述一群科學家祕密替軍方實驗使生物變成透明的方法。結果主事者不知何故，大概是想留名還是怎樣的，沒有通報軍方就以自己當人體實驗第一人，結果把自己搞死了不算，還炸掉整個實驗基地。」

嘉玲冷笑一聲，說：「原來如此，可是我看不出來在我們之中，有誰願意把M晶片塞進自己的腦子裡，冒著頭痛到想自殺的危險。」

Aloha點點頭，唱著：「沒錯，有歌爲證，天天想你，天天問自己，到什麼時候才能告訴你？天天想你，天天守住一顆心，把我……」

我罵道：「白癡Aloha，永遠都沒建設性。」

大山也說道：「其實我也不贊成扣著成果不報上去，如果被上面知道了，年薪恐怕不增反減。我們辛辛苦苦是爲了什麼？我可不想丟了這份肥差。」

宗昇跟大山都是標準的公司派。

拍拍大肚子，我嘆道：「好吧，但是我醜話說在前頭，成果一報上去，我就立刻放自己兩週大假，要忙你們自己去忙，到時候不要怪我。」

宗昇皺眉說：「TST是左右SONY未來一個世紀企業命脈的祕密武器，日本大老闆不會那麼不通情理的。」

Ken說：「沒錯，儘管上報進度吧，就說我們已經搞定比人類笨一點的猴子了，如果還不放我們假，我們就集體去IBM打零工。」

我說：「嗯，IBM 一定願意替我們支付高達五千萬的企業違約金的。」

於是，上報M晶片進度的事就這麼交給宗昇了。

上頭的回覆也相當令人滿意，我們每個人都獲得長達一個月的長假，外加每個人三十萬美金的旅遊補貼。

於是，Ken 背起了行囊，跑去尼泊爾吸收他嚮往已久的日月精華。

嘉玲 E-mail 給我們幾張照片。照片裡的她興奮地騎著駱駝，在橘子大的夕陽下，於金字塔前跟一個高大的黑人擁吻。

而宗昇跟大山，則相約帶著家人飛到澳洲東部的蠻荒露營探險，算算時間，現差不多已經被鱷魚或是蟒蛇給吃掉了。

TST 團隊，還沒離開台灣的，就只剩下僞純情民歌歌手 Aloha、禿頂好色中年人前野，以及萬年失戀的胖子，我。

當然了，還有一直躺在實驗室裡的……M晶片。

5

我看著電話，忍不住，又拿了起來。

然後又放下。

我實在沒有勇氣再把電話拿起來。

已經凌晨兩點了，任何人都不願在這個時候被打擾。

「現在有了錢又怎樣？有了假期又怎樣？」

我點了一支菸，放在身旁的欄杆上，看著樓下對面永和豆漿。

好久了。

我已經一個人，孤孤單單好久了。

子晴的一切矛盾地扎在我心裡，彷彿昨日我們還是親密的戀人，美好又溫暖。

菸燒著，我想起以前子晴曾經嫌惡我身上的菸味。

她要我戒菸，但我總是笑嘻嘻地打混過去。

但在子晴轉身離去後，我卻忘了從什麼時候開始……我的菸，卻只在陽台欄杆上孤獨地呼吸。

一切都很矛盾。

矛盾將美好的過去，與灰敗的現存，鮮明又痛苦地連結起來。

「去那裡吧。」我說，將燒盡的菸屁股彈向天際。

我發動跑車，踩下油門，車子靈敏地滑出車庫，朝著回憶的深處駛去。

「播放……認錯。」

我說，車內的音控音響奏起三十多年前，一首叫優客李林二人組的老歌。

「I don't believe it，是我放棄了妳，只爲了一個沒有理由的決定，以爲這次我可以，承受妳離我而去……」我哼著，眼淚也飆出脆弱的淚腺。

□

「對不起，這些日子我太忙了，妳知道我實在抽不開身陪妳。」

我放下咖啡，抽了一口菸。

「沒關係，我能夠諒解。SONY的研發工作既然令你這麼投入，一定也很吸引你。」子晴低著頭，看著咖啡上的奶暈。

「我對妳很抱歉，實驗的進度最近一直僵著，也不知道什麼時候會有突破，我的壓力……」我把菸刺向掛在牆上的塑膠花，燙出一個黑點。

子晴慢慢抬起頭，那一個仰角四十五度的美麗，教我無法開口。

「你想說什麼？有些話我不想聽，你，也不要說。」子晴的聲音有些哽咽：「你不說，我就可以一直一直堅持下去。」

我沉默，伸出手來，擦去子晴眼中的瑩光波動。

我看著手指上的珠光，再看看子晴。

「我不想耽誤妳的青春，只因爲妳是我生命中最重要的寶貝。」

我喉嚨乾澀，視線開始凹凸不平。

我握緊子晴的手，說：「過去我們在一起的六年裡，所有的一切都緊緊相連。但是，現在我的生命墜入了無窮無盡的實驗裡，未來也將如此。子晴，妳光彩的生命，絕不該跟這樣灰暗的人生相連相繫。」

子晴的手冰冰冷冷。

我的胸口苦悶難挨。

但，我知道，今天若說不出口，子晴的幸福就要斷送在一個工作狂的手上。

「我愛妳，我這輩子最愛的人就在我的眼前，但我還是要跟妳提出分手的決定，請妳……請妳原諒我。」我痛苦地說。

子晴的眼淚細細，凍結了時間，凍結了咖啡廳裡的溫度。

我發顫的手彷彿預知了一切。預知了毀滅。

「要記得，可樂不要多喝。」

子晴哭著說，掙脫了我的手，鼻涕滴在咖啡中失神的奶暈上，臉上淌滿淚水，說：「菸不要抽，酒不要碰，不然你會變成沒有人要的大胖子的。」

「我知道。」

我點點頭，看著生命中最真摯的感情，蒸發在我的眼前。

6

「認錯，我已經認了一千萬次錯了。」

我握緊方向盤，自言自語道：「命運很公平，我親手了斷自己的靈魂，把天使一般的女孩拱手讓人，落得整天除了實驗外，就是一副失魂落魄的狗樣，Shit！賴彥翔，這就是你的下場，以後你就抱著大把美金度過餘生吧！Shame on you!」

跑車滑進國際街。

我關上車門，看著矗立在眼前的灰姑娘咖啡小館。

凌晨兩點了。

它還是敞開大門，向熱戀中、暗戀中、移情別戀中的情侶招手。

我在這鬼地方埋葬自己的一切，而我卻情不自禁地來到這裡。

來悼念的嗎？
來懺悔的嗎？
來折磨自己的嗎？
不，我只是來呼吸一下，子晴在三年前留下的悲傷。
三年前，她願意爲我痛哭失聲，儘管我不值得她心碎。
這份感覺還藏在我的血液裡，這份感覺還藏在我倆分手的座位上。
她還重視我的時候，是我生命中最璀璨的時光。
我一定要來呼吸一下。
我推開灰姑娘咖啡小館的大門，心都涼了。

當初我跟子晴分手時的座位，正坐著兩個談笑風生的情侶。
男人不知說著什麼有趣的事，女人被逗得哈哈大笑。
我愣住了。
因爲那對情侶，是子晴跟她的新男友，孟修。

「你們在聊什麼？爲什麼這麼開心？」我喃喃自語，隨意找了個角落坐下。

「先生，你坐到我們的魚缸了。」一個服務小姐努力忍住笑意說。

「啊，對不起，對不起。」我趕緊把浸溼的屁股移到單人座上。

滑稽的樣子令服務生忍不住笑了出來。

「哥倫比亞，謝謝。」

我點了當初分手時的咖啡，繼續在角落裡窺伺熱戀中的舊情人。

我心中的感覺濃得化不開，子晴每笑一下，我的心就往下沉了一丈。

子晴的手每被握住一下，我的心就揪在一起。

我刻意低下頭來，深怕自己被子晴看到，雖然這個舉動一點都不必要。

熱戀中的人，眼底，只看得到情人。

「本來應該是我的。」我自言自語，像個神經病老頭。

自從跟子晴分手後，工作的壓力又大，自言自語的怪癖就像胎記一樣爬上我的身體，再也甩脫不掉。我深怕接下來還會出現類似失禁、便祕、盜汗跟自動鬼打牆的症狀。

「哥倫比亞。」服務小姐將咖啡放在我面前。

我一飲而盡，又說：「再來一杯，謝謝。」

「這裡不是酒吧。」服務小姐好笑地說。

「對不起，但請再給我一杯，不，三杯好了。」我說。

我的眼睛盯著正從懷裡掏著東西的孟修，鬼鬼祟祟的模樣教人討厭。

不……好像不大對勁？

「Shit！」我張大嘴，咖啡從我的嘴中緩緩流出。

孟修拿出一枚戒指，鑽石閃閃發亮，照得子晴滿臉通紅。

「不要做傻事啊！不要做傻事啊！」我失魂地說，看著子晴慢慢閉上眼睛。

我的心臟也暫時停止跳動，胸口的緊張絕不亞於孟修。

「上天，請再給我一次機會，這一次我一定洗心革面、痛改前非，我一定辭掉工作，天天陪著子晴，天天陪子晴喝茶看電影，天天幫子晴燒飯洗衣服，天天……」我說不出話來，耳根燒燙。

卻見子晴輕輕點頭，睜開眼睛，滑下兩行喜悅的淚水。

「死了。」我摀住眼睛不敢看。

孟修將鑽戒套在子晴的手指上，我的心也碎了。

我將信用卡插進桌上的金融掃描機，「嘟」一聲後，我茫然地拿回信用卡，走出灰姑娘咖啡館，把滿身肥肉塞進跑車裡。

等到我回過神時，我已經站在SONY公司的門口。

「還有轉機，一定還有轉機。」

我說服自己，拿出TST VIP卡，刷進冰冷的電梯，按下「B13」。

將自己送入地獄。

7

TST工作室，只剩下前野一個人坐在電腦前，跟遠方的棋士下網路圍棋。

前野一看到我，微感詫異說：「死胖子，你不是一直很想放大假嗎？怎麼又回來了，難道你眞的是工作狂啊？」

我摔倒在沙發上，問：「這三天的情況怎樣？」

前野聳聳肩，苦笑道：「不怎麼樣，突然放假反而不知道要做什麼，除了下網路圍棋，就是看A片。我訂了後天回北海道的機票，大概回老家一趟吧。」

我乾笑了一下，說：「我是問你那兩隻猴子的情況，還健康？」

前野點點頭，說：「悟空跟達爾都很健康，我把牠們放在一起養，目前爲止牠們就像親兄弟一樣，好得很。」

我問：「Aloha呢？」

前野一邊思考棋路，說：「他昨天開始去火車站前的地下道賣唱，他說要當一個自力更生的純情民歌手。瘋子。」

我閉上眼睛，思考著一個可能性。

前野見我不說話，看著螢幕說：「你的舊情人還是跑了？」

我含糊地應道：「嗯。」

前野摸摸禿頂，說：「你有錢、有華樓、有名車，唯一的缺點就是肥了些，爲什麼不找其他的女人？你的條件不錯啊。」

我反問：「你不是很色？你的條件也不比我差，只是頭上禿了點、年紀大了點、小鳥軟了點，怎麼不去討個老婆還是怎地？」

前野悶悶道：「女人只喜歡我的錢，我又不笨。要我花錢嫖妓，我又沒那個膽量。討老婆？是啊，我回北海道相親快些。」

決定了。

賭這一把。

我起身坐在沙發上，認眞道：「前野，幫我一個忙，也幫你自己一個忙。」

前野感受到異樣的氣氛，結束網路棋局，轉過椅子。

「我在聽。」前野瞪著我。

我看著前野狐疑的眼睛，說：「幫我做M晶片的人體實驗。」

前野的嘴角上揚，露出古怪的表情。

「笑什麼？」我問，前野的表情似笑非笑的。

「你要我怎麼幫你？難道是要我幫你改造M晶片？用M晶片贏回你舊情人的心？」前野何等聰明，咧開嘴笑。

「你會幫我吧？」我緊張地看著前野。

這可是違反SONY契約的大事！

「不如……你幫我吧？」前野怪笑著。

前野攤開手掌，一枚紫色的耳環躺在掌心。

8

「你是什麼意思？」我隱隱約約猜到一些。

「M晶片。」前野神祕地笑著。

前野跟我打開實 TST 驗室的門。

兩個人一起站在悟空跟達爾面前，看著他倆互相幫對方搔癢。

「我們都是幫 SONY 研究M晶片的第一線人員，一直以來，大家在工作之餘都會猜，這組將掌握人類腦波能量的晶片，會被用在什麼用途？用來消弭人類的戰爭？消弭不同種族、宗教之間的敵意？矯正變態的犯人？還是控制軍隊的忠誠？控制選民的投票意向？還是，控制大眾的消費傾向？」話題很重，但前野的語氣倒像事不關己。

的確。

M晶片可以是天使的翅膀，帶領人類通往和平的族群大融合，不再有戰爭。也可以是惡魔的慾望，將人類的潛意識蠶食鯨吞，同化進最黑暗的集體邪惡。

「不論SONY怎麼處置M晶片的未來，我們都有自己的事要忙。不過，哼，我們是M晶片的父母，當然有權決定M晶片對我們的意義。」我不置可否。

這是理所當然的吧，M晶片的利益遠遠高過SONY支付給我們的薪水數千數萬倍，我們拿來造福自己，原也在情理之內。

「嘿，果然英雄所見略同啊。」前野咯咯笑了。

「你偷偷進行這個計畫多久了？」我看著那只耳環。

眞是太扯，居然給它商品化了。

「從一加入TST開始，我就沒有停止過這個念頭。我一直想試試愛情的滋味。」前野拿著耳環，說：「但要把M晶片植入腦內，畢竟太過兇險，我也不想弄出人命，所以就想出這個折衷的辦法來。」

我接過耳環，仔細端詳，說：「但是把M晶片放在耳環裡，能量增幅肯定不夠強……你，不，我們需要強波器。」

前野得意地說：「強波器我老早老早就設計好了，可以不另行改良M晶片，只要給它外在的強化支援就可以達到很好的效果，耳環等東西提供的空間已很足夠。」

「……」

「而且，只要不放在人腦中，就算強波器發出或接收的能量再強，都在人體可以接受的安全範圍內，甚至完全不會有影響。」

我狐疑道：「理論上是這樣沒錯。」

前野自信道：「我的人格就算了，但——請相信我的專業。」

我點點頭，說：「那你要我幫你搞定M晶片的衛星設定跟搜尋系統吧？」

前野微笑道：「沒錯，雖然我自己搞了一個攜帶型的遙控器，但是總是跟衛星在連接上有問題。問題不在於連接不上衛星，而在於連接上衛星後，會被SONY總部發現，到時候那些麻煩事我可應付不來。」

我坐在衛星系統前，說：「把你寫好的程式碼給我，我修改幾個地方，再丟幾個祕密封包給SONY衛星。我想，大概需要一天的時間。」這幾句話，就成了我入夥的宣言。

前野很樂意：「我回家拿，我可不敢放在網路上，順便拿遙控器過來。」

於是，我坐在衛星系統前，鑽入SONY衛星的程式防護漏洞，祕密設計一條不為人知的頻寬，我跟前野專用的頻寬。

「A piece of cake，衛星程式我當初也參與了設計，漏洞也是我預先設下的，今日果然有大用途。」我自言自語著，嘴角逐漸上揚。

敲敲打打，一行又一行、一頁又一頁的程式碼像滿潮一樣……

漸漸地，我看著商業衛星逐漸為我所用。

9

兩天後……不眠不休的兩天後，前野不停地將M晶片裝置在許多耳環與髮夾之類的東西上，而我則開拓出一條隱蔽又強大的頻寬，並將遙控器與M晶片設定成功。

現在，只剩下最後三個考驗。

考驗一：

SONY的電梯內牆，是用特殊的強力超磁石做的，它能破壞電梯裡任何精密的電子儀器，並錯亂任何數位化或底片之類的東西，以防我們將研究成果偷偷帶到外界，並阻絕商業間諜的刺探。

爲此SONY當初甄選TST成員時，特別註明不可以有體內載有精密醫療儀器的人進來，以免發生意外。

考驗二：

M晶片是否適用於人體？是否會發生什麼副作用？悟空跟達爾的觀察期只有三天，根本不構成科學上值得信賴的安全證據。

但是，我知道我的時間不多了，我必須冒險！

考驗三：

M晶片的確有協調相異腦波的功能，但它是否能達到我所期待的效果，完全是個未知。

我想要達到什麼效果？

當然是期待M晶片可以使子晴的腦波，逐漸向我靠攏，逐漸……逐漸……逐漸給我一個全新的機會，再讓子晴愛我一次。

「這是魔鬼的想法嗎？我們好像要向上帝的權威挑戰？」我喃喃自語。

「站在科學的頂尖的我們，若認爲上帝的存在爲眞，嘿，好像有點畸形。如果眞有上帝，上帝也一定是個非常高明的科學家，一個在七天內創造整個世界的上帝，祂一定掌握了最頂尖的創世科技。」前野淡淡地說：「所以我們正踩著上帝的腳步前進，正在光榮祂的一切。」

「詭辯。」我冷然說：「不過就算這是通往地獄的鑰匙，我也在所不惜。如果我的眞愛只能在地獄裡找到，那就下地獄吧。」

「那麼，我們就開始吧。」前野一笑，拿出一罐髮膠。

前野不需要用髮膠，因爲他的頭髮再變也不過如此。

所以這罐髮膠……

「再堅硬再厚的合金，厚度在十五公分以內的鉛片，都無法保護M晶片安然通過強磁電梯，但是這一罐小東西可以。」前野得意地說：「我構思已久，又是個絕頂天才，再也找不到像我這麼棒的共犯了。」

我看著前野將許多安裝在耳環與髮夾裡的M晶片群、衛星連結光碟、遙控器，放在公事包裡的塑膠袋中。再按下髮膠的噴鈕，綠色膠狀的物質立刻充滿整個塑膠袋，前野神祕地看著我，說：「恕我不能告訴你這東西是什麼，不過我可以告訴你，這東西的研發隸屬美國國防部，嘿，我也有一手。」

「改天也幫我裝一罐吧。」

「好說。不過這東西只有十五分鐘的效果，過了就會乾燥硬化，就不管用了。」

兩個人走出實驗室、工作室。由我先進入強磁電梯，再走到停車場等前野。前野兩分鐘後就出來了，於是開著他的Masserati跑車，我跟在他的後面，兩人一路飆到位於精明一街的前野家集合。

「M晶片沒事吧？」我問，坐在前野豪華的家中。

前野的家位於SuckMe Pub的樓上。他也是樓下SuckMe Pub的大股東。

「不會吧。」前野興奮地打開公事包。

拿出塑膠袋，跟我一起將乾燥的綠色膠狀物挖出，開始測試M晶片的效果。

前野從抽屜拿出兩台麥金塔最新型的筆記型電腦Powerbook G7，遞給我一台，說：「送你一台，幫它們裝好驅動衛星的系統吧。」

我拿出從實驗室拷出的衛星連結光碟，幫兩台電腦裝置好驅動SONY商業衛星祕密頻寬的系統程式。

然後再將電腦與遙控器做連結，戴上裝置好M晶片的耳環。

「虧你想得出耳環這一招，測試吧，我可是人類第一個使用M晶片的白老鼠。」

我啓動 Powerbook 聯繫衛星基地台。

數位指令衝出大氣層，取得使用衛星祕密頻寬的權限，再輸入自動搜尋自己耳環內M晶片的命令。

「有什麼感覺?」前野緊張地問。

「沒什麼感覺。」我說，但電腦已經顯示「連接成功」。

「看看我的腦波頻率吧?」我輸入指令。

指令在大氣層間飛梭，過了幾秒後，遙控器顯示「H520.1314」，那是前野早已定義好的人類腦波能量的數據標準。

也就是說，我的腦波形式爲：Human 520.1314。

「好浪漫的數據。」前野顯得頗興奮，說：「這是你的腦波，看看我的。」

前野迫不及待戴上另一個耳環，操作著電腦與遙控器。

「H444.4444。」前野的臉有些尷尬，說：「在你們這裡，4好像不太吉利？」

「我只能說，你的腦波非常整齊。」我勉爲其難。

腦波的能量被數據化，是一件「很人類」的事，只是一個方便操作與觀察的標準。

但前野的腦波的數據如此整齊，卻也令我驚訝，彷彿上天在暗示著什麼。

順帶一提，每一個人的腦波，在我們初步的想像裡應該都是不一樣的，就如同指紋、視網膜紋，乃至DNA組合。

但如果電腦顯示的數據是完全雷同的，也只是代表在可見的數據中，兩人的腦波能量的確是相符的。若儀器再精密些，小數點的位置還可以往後挪好幾位，如此就可以辨別出兩人的不同。

當然，這只是假設之一。

另外一種假設是，雖然每個人的腦波可能都是獨一無二的，但每個人的腦波在其一生中都在轉變，跟情緒的變幻、或是重要的人生經驗息息相關。

最不確定的假設則是，我們也不確定M晶片是否能完全將腦波調控到完全一樣的地步。

前野從抽屜裡拿出幾個金屬黏片，說：「這小東西裡面是M晶片，外表有些粗製濫造，但可以黏在眼鏡或是耳朵後面、或是頭蓋骨上，總之它的效果也是一樣。」

「一直都沒問你，你要拿M晶片做什麼？」我問，一邊收拾著遙控器與電腦。

「不是說過了嗎？我想要嚐嚐愛情的滋味。」前野的臉變得很嚴肅，說：「我暗戀樓下Pub的櫃台小姐很久了，她總是站在B號前爲客人調酒。話說她也是個日本人，自有一種他鄉遇故的情份。」

我多少能體會前野的心情。

在愛情上，我遠比前野幸運。

至少我還經歷過一場刻骨銘心的愛戀，而他，卻未曾看過愛情的顏色。

「我這輩子都被當作好色的書呆子，從來都沒好好談過一場戀愛，我已經四十多歲了，人生除了研究工作，就是花錢，坦白說我的人生過得很糟糕。不過這些事你們也早就知道了。」前野整個人突然縮小了，像微不足道的灰渣。

「但你有朋友。」我試著讓他開心一些，說：「至少，我們現在坐在同一條船上，禍福與共，一起進行著不太光彩的實驗。」

「謝謝。」前野淡淡笑道：「她叫星崎月，希望等放假結束後，你就會看到我倆手牽著手，坐在吧台上喝酒。」

「一定。」我感到有些溫暖，說：「也希望我能成功取下子晴手上的戒指，重新戴上三年前她早該得到的鑽戒。」

「願我們的愛情得到最好的祝福。」前野合掌道。

「願我們的愛情得到最好的祝福。」我期默。

就這樣。

我帶著遙控器、Powerbook G7、一大堆耳環、髮夾、髮箍、髮飾，坐上我的小跑車，開始籌劃一場奪回愛情大作戰。

爲自己跟子晴之間，重新綁上月下老人忘卻三年的，紅線。

用我自己的力量。

10

要如何將耳環等載有M晶片的東西，讓子晴掛上呢？

我看了看最近的日子。

今天是九月三十日，子晴的生日卻是一月七號，要當成生日禮物送給子晴的話，實在是太晚太晚了，萬一那個叫孟修的是個急性鬼，子晴那時早嫁給了他。

但最近好像沒有什麼浪漫的節日？真是糟糕透頂。

要假裝車禍引子晴來探望我，然後說什麼希望在死之前看到她戴上這個耳環嗎？

……太需要演技了，我根本無法辦到。

話說回來，要假藉任何因頭送上耳環，幾乎都需要一流的說謊技巧。

更糟糕的是，光是我想約子晴出來這個步驟，難度就已不低。

我看著桌上的紫色耳環發愣，傻傻地喝著可樂。

此時，命運幫了我一個忙。

電話響了。

我拿起話筒，暗自祈禱是子晴打電話給我，即使她自分手後就未曾主動聯絡過我。

「喂？」我問。

「是我，子晴。」

果然是她的聲音！

「最近過得還好嗎？」我有些激動，說：「我很想妳……是朋友的那種……」

「我只是想跟你說一聲，我年底就要結婚了。」子晴的聲音很平靜，好像是在跟一顆籃球還是一棵花椰菜說話：「我們的婚期就在聖誕夜，希望你能夠來，畢竟你是我很重要的朋友，好嗎？」

很重要的朋友？

我有些鼻酸，說：「我一定會去，一定會去。」

子晴有些高興，說：「我就知道你一定會來的，謝謝。」

我看著桌上的紫色耳環，趕緊抓住這個難得的機會，說：「這樣的話，我想送妳一份禮物，當作我對妳跟孟修的祝福。」

「是什麼禮物啊？」子晴逗著我說：「你很少送我禮物。」

「我還不知道，妳剛剛才跟我宣佈妳的喜訊啊。」我勉強笑道：「我現在有錢了，說不定送妳一棟樓。」

子晴笑說：「不用了啦，送點家具就好了，我跟孟修已經存好房子的頭期款，想買下風華年代其中一個單位。」

我的鼻子酸得厲害，說：「那我送你們全部的裝潢吧，沒法子，我就只會砸錢。」

子晴幽幽說：「送我們一組聲控燈具就好了。」

「好，我碰巧放長假了，明天就去選燈具。我們約明晚見面好嗎？」

子晴有些遲疑，說：「未免也太快了吧？」

我趕緊說：「我怕我突然會被老闆召回去，誰知道假期會不會突然縮水，就明晚好嗎？七點？八點？還是多晚都行！」

子晴笑了出來，說：「你眞是個工作狂，小心不要累壞了自己。」

我鍥而不捨：「明晚七點？地點？」

子晴想了一下，說：「那就七點吧，翡冷翠靠窗？」

我趕緊說：「沒問題，不見不散。」

子晴笑道：「不見不散，掰掰。」

我正要掛上電話，子晴卻說：「彥翔？」

我問：「嗯？」

子晴的聲音很溫暖：「希望你也能早點，找到你生命中的另一半。」

我感嘆道：「我會的。」

我生命中的另一半，就是妳。

一直都是妳。

11

六點二十，我坐在台中國際街中的翡冷翠小餐廳，靠窗的位置。
這間餐廳是我跟子晴以前常常來吃晚飯的小店。
雖然我們約的是七點，但我知道子晴總是會比約定的時間早到二十幾分鐘。
而我自是提早趕來，調適忐忑不安的心情。
果然，就在六點四十分時，子晴拿著小背袋出現在我面前。
「好久不見。」我想我的眼神一定綻露著光芒。
「大概有半年多沒見面了吧？」子晴站在位子旁，露出天使般的微笑。
「妳好像又變漂亮了？」我故作輕鬆道；雖然我說的也是事實。
「我知道，戀愛的女人最美呀。」子晴輕笑，坐了下來。
子晴綁著我最喜歡的馬尾髮式，唇上閃亮著粉紅色唇蜜，在淡淡的素妝上顯得格外搶眼。

她的微笑清澈無飾，雪白的纖細手指令鑽戒黯淡無光。

我的天使，我的生命。眞不曉得當初我是怎麼迷了心竅，著了魔？

「吃點什麼？還是跟以前一樣？」我的眼睛無法離開子晴的雙眼。

「不，炭烤羊排吧。」子晴說。

她似乎在迴避跟我有關的回憶。

「嗯，兩份炭烤羊排吧。」我向服務生說，心裡有些失落。

什麼是戀愛？就是相戀的兩人共有的美好回憶。

回憶存在於兩人不必言傳的老地方，琅琅上口的電影對白。

或許一首老歌，或許一份熟悉的菜單。

站在老地方，你會被發黃的空氣包圍，你的胸口沉悶，透不過氣。

聽到熟悉的電影對白，你會回到那個初次約會的電影院。

你不會記得電影好不好看，但你永遠記得身邊女孩的髮香。

逛街時聽到曾經的老歌，你會在試衣間裡，抹去不知道從哪裡生出的眼淚。

一份看過百次千次的菜單，會帶領你看見年輕的自己。那個少不更事的小夥子正摟著同樣青春年華的她，一年又一年。

她陪你度過每一個紀念日，度過每一條皺紋。

但現在……

服務生離去。

餐桌上，只剩下我跟子晴。

兩塊陌生的羊排，還有一份重新找回回憶的希望。

「就是這份燈具，喜歡嗎?我記得妳是喜歡這類型的?」

我說將一份家具型錄攤在桌上，我瞧著子晴的臉色，補充道：「我只是先預定了這套，妳若是不喜歡的話，還可以換另一種款式。」

「嗯，我蠻喜歡的。」子晴笑笑，說：「好多選擇啊，我也喜歡這一款跟這一款。」

子晴指著型錄上另外兩組色調柔和的燈具。

「對了，別忙著看型錄，我還有另外一份小小的禮物要送給妳。」

我從口袋裡拿出一只木盒子。

打開，裡面是兩只紫晶色的耳環。

子晴吃吃笑說：「天要塌囉。你怎麼會想送耳環？總之謝謝囉。」

耳朵肯定是燒紅了，我尷尬笑道：「我不太知道現在流行的款式，只是覺得它很漂亮，配上妳，應該……應該還過得去。」

子晴拿起耳環，端詳了一下，說：「樣式有點老氣，不過啊，還是蠻漂亮的，一定花了你不少錢吧？謝謝你呦。」

我緊張道：「妳以後會常常戴著它嗎？我希望妳能重視這份禮物。」

子晴點點頭，立刻就將耳環小心翼翼戴上，說：「漂亮吧？」

我猛點頭：「眞的很漂亮！只有在妳的耳朵上，它才會那麼漂亮。」

子晴莞爾：「你變了，以前的你是個老實頭，很少稱讚我。」

我拍了一下腦袋，說：「對不起，我不太會誇獎人。」

子晴笑說：「沒關係，我很高興的。」

我指著燈具型錄，說：「妳再研究一下型錄吧，我去一下洗手間。」

說完，我站了起來，離開座位。

走到櫃台前，我看了看子晴，她專心地翻著燈具型錄。

於是我向服務小姐要了我剛剛寄放的背包，快步走進廁所。

「老天保佑。」我打開Powerbook G7。

戰鬥開始。

我透過基地台連接上SONY衛星的祕密頻寬，摸摸貼在眼鏡掛架的M晶片黏塊，沒有猶豫，立即啓動衛星搜尋系統鎖定我跟子晴身上的M晶片。

過了幾秒，遙控器顯示了「H520.1314」與「H1452.2020」。

「子晴，我要我們在一起。」我堅定：「沒有比這更美好的事了。」

按下遙控器上「啓動調整」的按鍵，再設定調整的時間長度爲「100 Days」。

我闔上暫時無作用的電腦，專注地盯著遙控器上的數據。

這半個巴掌大的遙控器，正以我的腦波爲基準，慢慢調整著子晴的腦波能量。

我看著子晴的腦波不斷地蛻變，朝著一個最吉利的號碼緩緩逼近：

5201314，我愛妳一生一世。

「H1440.2243，H1335.2111，H1208.9981……H998.8116……H917.2234……」我盯著數據，心中惴惴。

不曉得兩個人的腦波一模一樣了，之後兩人的感情會有什麼樣的改變。

我毫無把握。如果僅僅是默契變得好些，就太讓人傷心了。

無論如何，我非得一試。

遙控器的綠燈亮了，螢幕顯示「調整成功」的字樣。

終於，子晴的腦波被我牽引到H520.1314的腦波頻道。

「我愛妳一生一世，就叫你『戀愛頻道』吧。」

我閉上眼睛，期待著奇蹟的發生。

繁忙的研究逼我走入瘋狂，放棄這段眞摯的愛情，令我每每在深夜失卻靈魂，看著失去對象的電話，幻想根本不存在的鈴聲。

但，研究毀滅了我，卻也能救我出痛苦的深淵。

我要以自己創造出來的姻緣紅線，綁住我生命中最愛的人，再也不分開。

「再也不分開了。」我收好電腦與遙控器。

走出洗手間，將背包再寄放回櫃台。

我一步步走向子晴。

子晴仍舊看著燈具型錄，我不禁握緊拳頭。

「怎麼樣？要換一組嗎？」我的聲音有點不自然，坐了下來。

子晴抬起頭來，看著我。

「還是換一組？我打個電話改一改就好了。」我胸口緊繃。

「不必了。」子晴輕皺眉頭，笑說：「我也蠻喜歡你選的樣式，淡綠色的很好看。」

「眞的？」我的呼吸困難。

「眞的。」子晴的眼睛也笑了。

也許『戀愛頻道』開始生效了？

「吃完飯，等會一起……一起看場電影？」我的腳在顫抖。

「哇，那會看到很晚耶。」子晴說道。

「我會送妳回去。」我滿心期待。

求求你，老天爺！再給我一次機會！

這次我一定不會再放手了！

「好啊。」子晴笑道。

她的笑，勝過一切。

我的腳停止顫抖。我知道三年前的子晴，又將回到我的身邊。

12

坐在電影院裡，我的眼睛盯著銀幕，聽著電影對白與子晴的笑聲。偶爾兩人的手在爆米花盒中觸碰，一切都跟以前一樣。

我彷彿置身天堂仙境。

「妳給幾分？」我問。

這是我倆以前看完電影後，必定互相丟擲的老問題。

「92囉，要是結局不要那麼刻意，還可以再多一分。你呢？」子晴說。

「99吧，大概是因爲好久沒跟妳一起看電影了，所以覺得特別好看。」我笑著。

「是嗎？」子晴似笑非笑。

「妳這幾天很忙嗎？還是？」我試探性地問。

「沒特別忙，但是也沒空閒著呢。」子晴羨慕地看著我，說：「你開始放大假了，又有錢可以到處旅行，眞好。」

「我胖了不少，放假應該好好減肥。」我哈哈笑道：「我閒得發慌，要是妳有空的話，可不可以多陪陪我？」

子晴埋怨道：「我可沒那種工夫。」

我笑道：「說的也是，妳不僅要工作，還要開始忙婚禮的事吧？」

子晴嘆道：「嗯，希望結婚後可以放個長假，讓我生個小寶寶。」

在二〇二〇年代，生小孩子已不是必然的生命歷程，而是一種生活品味的選擇。

平均每十二對夫妻才有一個小孩，「養小孩」與「養寵物」的界限開始模糊，許多寵物已經開始上寵物學校，並享有跟幼兒一樣的權利，甚至繼承主人死後的財產也非常普遍。

但子晴在養育孩子這件事上還非常保守。對她來說，小孩子是父母親生命的一部份，是生命中必要的動人元素，跟生活品味一點關係也沒有。

「孟修也喜歡小孩子嗎?」我問。

子晴的眉頭輕皺。

「不是很喜歡。」子晴噘著嘴說:「他也沒有像你那樣的孩子緣。」

「眞的?那我贏他一分囉。」我有些開心。

「那倒是。」子晴哈哈笑說。

子晴跟她妹妹同住的公寓到了,我將跑車停下。

「眞希望妳家住遠一點,我們還可以慢慢聊。」我嘆氣。

子晴卻不下車,只是將車窗搖了下來。

「將車子開進社區的公園吧,空氣比較清爽。」她看著前方。

我的心跳了一下,說:「我知道妳不喜歡空調。」

子晴輕輕笑說:「嗯。」

以前我送子晴回家,她常常要我多留一會,陪她在樓下的社區公園裡說說話。

她總是這樣說的:「分開得太匆促,我心裡會悶悶的。陪我說說話再走嘛,讓我帶著你一點味道睡覺。」

但我總是以明天還要趕實驗爲由，匆匆飆車離去。

——眞是個十足的混蛋。

「以前的我，眞的很笨。」我有感而發。

「怎麼說？」子晴看著涼亭旁的路燈。

「以前的我很幸福，卻不懂得珍惜。」我認眞地說：「有些事情好像非得變成『教訓』後，才會使人開始反省、追悔。」

「你喔，要是遇到下一個喜歡的女孩子，可要當個好情人，不要一追到人家，骨頭就全散了。」子晴撇過頭，不讓我看見她的臉。

她還是一樣。

「不要哭，反正妳也遇到好男人了。」

我試著讓子晴開心一點，說：「至於我，終究也明白了愛情是人生中最美好的一部份，下次，如果下次我遇到有妳一半好的女孩，我一定會用我的一切去喜歡她。」

子晴突然伸手在我的大腿上用力一掐，我疼得叫出聲來。

子晴轉頭瞪著我說：「這是你以前欠我的萬分之一。」

我吐吐舌頭，說：「如果掐一萬次可以彌補的話，那就掐一萬次好了。」

子晴哈哈大笑，開車門走出到車外，說：「你賺那麼多錢，結婚的禮金可不能太寒酸哩，我跟孟修想到地中海瘋狂玩它一個月！」

我吹著口哨假裝沒聽見。

子晴用力關上車門，開玩笑說：「小氣鬼。」

我看著她走到公寓樓下，才猛然想起一件很重要的事。

我大叫：「子晴！記得常常戴著我送妳的耳環好嗎？」

子晴正打開門，回頭扮了個鬼臉，轉身消失在門後。

「希望一切順利，愛情永遠如意。」

我看著子晴公寓的燈光。

眞希望子晴記得常戴著M晶片，否則效力隨著摘下M晶片消失，一切都會回到毀滅的原點。

13

回到家後，我興奮得睡不著覺。

有時卻又異常惶恐地坐在床緣，害怕子晴並不會照我期望的，時時戴著M晶片耳環。害怕一切只是場虎頭蛇尾的美夢。

不知道前野怎麼解決這個致命的缺點？

說到這，對了，前野進行得如何？

我拿起電話，撥給期待談一場美好初戀的中年禿頭男子。

「喂？我是彥翔。」

「哈！我等你的電話好久了！」前野興奮地說：「不用說，效果肯定跟我一樣，非常非常棒吧！」

「是啊，不過革命尚未成功，還在起步階段。」我也為前野高興，說：「你說非常棒，到底有多棒？」

前野哈哈大笑，說：「我託另一個櫃台送耳環給她，再走過去跟她聊天，哈哈！她不僅給了我電話跟住址，我們還約好明天中午一塊吃飯！」

我愣了一下，說：「這倒是個好方法！」

要是我怕子晴不戴我送的耳環，那好，我就託她妹妹幫我這個忙，幫我「監督」她姊姊戴耳環的習慣！或者……要她妹妹幫我再多送子晴一堆耳環跟髮飾，不管子晴怎麼替換，都在M晶片的籠罩之下。

前野繼續說：「我跟她很聊得來，從日本的故鄉一直聊到台灣的生活，我們投機得不得了，簡直天生一對！」

我笑道：「也許你本來就跟她很有話聊，只是你藉助M晶片給你的勇氣，讓你比較有種走過去跟她聊天罷了。」

前野顯得更得意了，說：「大概也有可能吧。反正我今晚非常快樂，頭一次，我的工作給了我這麼大的快樂！」

我完全同意：「的確是這麼一回事。」

前野突然感嘆：「原來愛情這麼美妙，我以前眞是錯過太多太多美好的事物，呿，眞是虛度光陰，原來我過去的生活是那麼的黑暗。」

我祝福前野：「才一個晚上就讓你飛上天了，那以後的日子，愛情還會慢慢開展，你不就整天沉浸在愛河裡，不用工作了？」

前野笑道：「要眞是如此，我也眞不想工作了，我的人生浪費太多時間了，反正我又不愁沒錢。我現在要一鼓作氣，把失去的快樂通通彌補回來！倒是你啊，難度就高多了，畢竟子晴就快要嫁人了！」

我尷尬道：「是是是，你管好你自己就好。」

就這樣，兩人掛上了電話，各自抱著各自的愛情算盤睡去。

14

第二天，我起床時已是中午了。

我一邊刷牙，一邊撥著號碼，看著手中早已準備好的講稿。

通了。

「嗨！是洛晴嗎？」我試探性地問。

「你是？」子晴妹妹的聲音。

「好久不見了，我是彥翔，還記得我吧？」我照著講稿唸。

「記得啊，我姊昨天不就跟你一起出去？有事嗎？」洛晴語氣還算不錯。

「有件事想請妳幫個忙，不知道妳下午有沒有空？」我看著講稿。

「該不會是被我姊甩了，所以想追我吧？」洛晴開玩笑說：「但是……嗶！我已經有男友囉。」

說。

「哈，那倒不是，等等。」我腦中有些空白。

這種對話在我的講稿裡沒有，我得想想。

「總之，有個忙妳一定要幫幫我，我會給妳很不錯的報酬喔。」我吃力地

雖然我知道這種方式有些愚蠢，萬一洛晴跟她姊姊報告此事的話，我還得編上另一段謊言圓謊，謊謊相護的感覺一定很糟糕。

但現在的我根本沒什麼可以失去的，只能死馬當活馬醫。

「是什麼事啊？要我幫你追回我姊這種事我可不幹，嘻，其他的事，我倒很好商量喔！」洛晴嘻嘻笑著。

「是這樣的，我有個朋友是在做小生意的，賣些髮飾之類的小東西，我也捧場買了好幾個，但我畢竟是個男人，買這些東西也不知道幹嘛，所以……」我一邊看著講稿，一邊冷靜地唸著。

總之就是要洛晴代我帶這些髮飾給子晴，就當作是物盡其用。

「你怎麼不自己拿給她啊？」洛晴狐疑問道。

「這就是妳爲什麼要收我錢的緣故，我不希望因爲東西是我的，所以妳姊姊

就不想戴它們，這樣就太可惜了。所以妳也不可以說是我送的，知道嗎？」我說著不成理由的理由，趕緊補上關鍵的一句：「酬勞是五萬元的SOGO禮券，要不要？」

「五萬啊，那當然幫你送她啊！」洛晴的聲音顯得很開心，說：「你那麼凱，眞不知道我姊姊怎麼會甩了你？」

「哈，還是妳要幫我追回妳姊姊啊？酬勞從一百萬美金起跳！」我笑說。

「免了免了，我可不想被這種事纏上。」洛晴也笑著。

就這樣，我們約好了時間地點。

傍晚就將七個髮飾、八個耳環、三個髮箍，交給海撈一筆的洛晴，我還交代她叮嚀子晴常戴它們，我說我希望我的禮物可以常常出現在我自己喜歡的人身上。

當然，我更暗暗祈禱洛晴不要太長舌。

15

到了晚上，我打開 Powerbook G7 ，啓動 SONY 衛星的祕密頻道，搜索我與子晴M晶片的狀態。可惜的是，只有裝置在我眼鏡上的晶片有腦波的反應。

也就是說，子晴並沒有立即戴上我送的耳環。

於是我一邊搖呼拉圈減肥，一邊遠遠看著電腦螢幕的搜索系統。

只要系統沒反應，我就打算這麼一直搖著，反正有益無害。

直到晚上九點，系統仍沒有子晴的腦波反應，我倒是累垮了。

唉，子晴什麼時候才會戴上我送的耳環呢？

是耳環的樣式太老氣？還是耳環根本就不漂亮？

那總該試試髮飾吧？戴上去！只要一下下就好！

「嗶嗶！嗶嗶！」電腦發出警示。

我衝到桌子前，看著子晴的腦波訊號一閃一閃。

「太棒了！讓我再度綁上紅線吧！」我興奮地按下遙控器上的「啓動調整」按鍵。只見遠方的子晴腦波，慢慢地滑向『戀愛頻道』。

「Welcome to 520.1314。」我喜道。

我立刻撥了通電話給子晴，免得子晴將裝有M晶片的飾品拿下。

「喂？是我。」我說。

「眞巧，我剛好想到你，要不要看我吃宵夜？」子晴的聲音。

「看妳吃宵夜？不如一起吃！」我笑說。

「你太肥了不准吃。」子晴銀鈴的笑聲。

「好吧，就看妳吃。約在宵夜的老地方？還是我去接妳？」我問。

「你來接我吧？」子晴笑說。

「那二十分鐘後妳家樓下見吧。」

我掛上電話，衝進浴室，大喊：「自動快速沖洗！」

在自動泡沫與水柱的沖洗後，我胡亂擦乾身體，撈起桌上的車鑰匙匆匆赴約。

16

東海別墅區，數十年老店「口味臭豆腐」，塞了一個胖子、一個美女。

我看著子晴慢吞吞喝著豬血湯，肚子咕嚕咕嚕地猛叫。

但是無礙，我已經用更美味的東西填飽我的飢餓。

「剛退伍來台中時，我們便常常在這家吃宵夜啊。」我緬懷道：「我現在還是每個星期吃一次，但從來沒看過妳。」

「有回憶的地方最傷身了，特別是不好的回憶總是壓倒好的回憶。」子晴吃著臭豆腐，抬起頭來看著我。

「哇！」我哀怨地看著子晴，說：「跟我在一起的時候有那麼慘？」

子晴沒有回答，只是俏皮地吐了吐舌頭。

我看著子晴頭上的髮飾，說：「我常常到充滿回憶的地方，去感染關於妳的一切。對我來說，不管是什麼樣的記憶，不論是吵架、爭執、擁抱、歡笑，只要充滿妳我之間點點滴滴的老地方，都是我最珍貴的人生地圖。」

子晴好奇地說：「人生地圖？以前沒聽你說過。」

我有感而發，說：「一個人的一生，就像一張地圖，有人的地圖大些，有人的地圖小點，地圖上標示著這個人去過什麼地方，走過哪些路，呼吸過哪裡的空氣，在哪裡跟什麼樣的人，一起走過什麼樣的道路。」

子晴沒有說話，只是撥弄著臭豆腐上的泡菜。

「有些人的人生地圖很遼闊，他們的足跡遍佈世界各地，他們的地圖有巴黎鐵塔旁的落日、有萊茵河畔的日出，或許還有絲路上的燥風、一望無際的太平洋，這些人很幸福，他們與世界共同生活著。」我繼續說著。

這些話都是我日日夜夜，想同子晴說的心裡話。

「也有些人，像我奶奶，他們的人生地圖就在小小的廚房裡、在家裡小小的客廳裡、在兒女上下學的路途裡。他們的世界很小，但他們也有幸福的方式，他們跟家庭一起生活著。」我說。

鼻子酸酸的。

「而我的人生地圖，很小很小，除了實驗室，我的人生地圖都是跟妳在一起的記憶，好多好多的老地方，以前我們常常在新興路上的租屋煮火鍋、下棋、拼圖，那段時光眞的很棒，還記得我們說總有一天要把它給買下來，沒想到隔年它就被拆掉了。」我勉強笑說：「但那張三千片的拼圖還沒拼完呢。」

我看著子晴溼溼的眼睛。

忍不住，深吸了一口氣，緊緊握住子晴的手。

「我們以前常去的溫泉旅社，以前常去的戲院，一起邊看漫畫邊吃滷味的租書店，甚至只是常常一起路過的小餐館，都在我小小的人生地圖裡。」我握緊子晴的手，絕不放開。

子晴的眼淚滾落。

我眞摯地說：「我人生最美好的時間都在妳身上。謝謝妳，陪我畫出這麼動人的地圖。」

子晴哇一聲哭了出來，說道：「你爲什麼現在要說這些話？我已經要結婚了啊！」

爲什麼我要說這些話？

我沒有遲疑，沒有疑慮，說：「因爲我愛妳，我要妳嫁給我。」

子晴搖搖頭，掙脫了我的手。

我依舊說：「希望妳再給我一次機會，這一次，我要我們的地圖永遠結合在一起，不再分開了！」

此時，我的手悄悄伸進口袋裡，按下「最大強化」的按鍵。

輸贏就看這一把了！

17

我知道我很卑鄙。

但在這種關鍵時刻，爲了愛情，我願意下十八層地獄。

只要子晴一點頭，我就能重獲新生，我就能爬出這個腐敗的身軀。

我將擁有愛情絢麗奪目的羽衣。

「最大強化」的模式，使子晴的M晶片以每秒六十億次的極速頻率調整。

我使勁拉著我倆之間的紅線。

「情人，總是老的好。」我也哭了，說：「我多希望，自己能夠跟相知相愛的人共度一生，我知道那個人就是妳，只有妳，眞眞正正是我生命的一部份，我們有好多好多的老地方，我們有好多好多的小默契，只有妳才知道我愛喝可樂，但絕不在妳面前喝。只有妳知道我其實不喜歡抽菸，我只是愛裝酷。只有妳，我只能在有妳的人生地圖裡，才能找到幸福。」

子晴早已哭紅了雙眼，她哭道：「你爲什麼以前都不跟我說這些？」

爲什麼？

爲什麼這些話，我以前未曾對子晴說過？

我擦去子晴的眼淚，說：「以前我做了太多錯事，等到我的枕邊沒有了妳，我才知道，一個人看著初晨灑在床頭的陽光是多麼落寞。原來，生命中美好的一切，都不是一個人能夠體會的。一切的美好，都是因爲有妳。」

我看著哭成淚人兒的子晴，大聲說：「一切的美好，都是因爲有妳，所以，請妳再給我一次機會，讓我給妳幸福，讓我跟妳永遠在一起！」

子晴的手抓得好緊，抓得我的手臂好痛好痛。

「你是個壞蛋！」子晴點點頭，泣不成聲。

「我愛妳！」我狂喜大吼。

此時，四周響起了掌聲。

我倆錯愕地看著四面八方站起來的食客，每個人都拼命鼓掌叫好。

「幫我吃完快走！」子晴緊張地催我。

我樂得飛快挾起桌上的臭豆腐往嘴裡塞。
臭豆腐變得好鹹好鹹，那是愛情的味道。
「我愛妳，耶！」我邊吃邊傻笑。
「知道啦，快吃！」子晴的頭很低很低。

這是我生命中最美好的夜晚。
深夜，我沒有送子晴回家。
我們一起回到我的住所，躺在我原本缺乏生機的床上。

「等等，不要拿掉髮飾，我喜歡它的樣子。」我支開子晴的手，一陣熱吻。
「不要拿掉？」子晴奇怪地看著我。
「嗯。」我解開子晴的衣釦子。

就這樣，我們像好久好久以前那樣，相擁到天明。

18

之後一個禮拜，只要子晴戴上M晶片，我就約她出來，或去公司接她上下班。

有幾個晚上子晴在我這裡過夜，我等她睡著後，我便將M晶片解除控制，讓子晴的腦波休息一下，再設定成明日早晨八點整準時收聽『戀愛頻道』。

在這一週內，我們的愛情突飛猛進。

這全都歸功於我們之間堅若磐石的過往，與我的努力。

這之間我跟前野又回到空無一人的實驗室，偷出更多的M晶片，於是我送了更多裝有M晶片的飾品給子晴，讓她更常暴露在『戀愛頻道』中。

人的潛意識是很奇妙的，這也省了我不少力氣。

子晴沉浸於戀愛的美妙中，她的身體自然會發現隱藏在意識之外的關聯：只要她戴上某些髮飾與耳環，她就能享受到美好的愛情。於是，子晴的潛意識就會選擇順手戴上我送的小飾品，使得控制關係更爲緊密。

子晴的心腸軟，她不忍心告訴孟修她已經重新接受我的事實。

但子晴她是多慮了。這個問題我早已經替她解決，用錢解決。

我透過警察朋友的關係，跟風月界最受歡迎的「制服幫」組織搭上線，制服幫在近五年席捲了台灣的聲色市場，以清純動人的美少女群爲號召，願以各種方式服務客人。

我以高價購買了其中最受歡迎的五名女孩的「三個月戀愛權」，讓她們以各種巧合與邂逅錯入孟修的生活，媚誘孟修。

不多久，大約是四天吧，孟修就打電話告訴子晴分手的消息，令子晴悵然所失，卻也如釋重負。

孟修對子晴的愛情不堪一擊，我一點罪惡感也沒有。

那麼禁不起考驗的愛情，不如早點結束吧，對子晴好，也對孟修自己好。

總之，我的愛情全面勝利。

而我的假期，也差不多結束了。

19

收假了，M晶片的爸爸媽媽們全都回到了實驗室。

嘉玲曬了一身美麗的古銅色，還談了場異國戀情。

Ken從神祕的尼泊爾回來，臉上多了幾分看破世間所有凡事的滄桑。

而宗昇帶著大山的遺像，哭哭啼啼地訴說大山在東澳垂釣時，爲了撈起掉在沼澤裡的魚竿，不小心被神出鬼沒大蟒蛇給捲走，只留下一隻雨鞋。

Dalapa一臉惋惜地說：「眞是可歌可泣，正所謂一失足成千古恨。」

對了，這個禮拜他叫Dalapa，角色扮演的主題是熱愛衝浪的海灘男孩，所以他全身赤條條地坐在椅子上，手裡拿著一塊衝浪板。

「你在惋惜大山的時候，可不可以不要勃起？」我鼓掌。

「不行，嘉玲變漂亮了。」Dalapa害羞地看著嘉玲，嘉玲笑咪咪地不以爲意。

「海灘男孩為什麼不穿泳褲？」Ken問道，他依舊是一身黑色。

「海灘男孩崇尚自然。」Dalapa認眞說道。

結果就是：只有宗昇一個人抱著大山的遺像哭泣。

我們TST的感情好像不夠好。

「什麼時候開始人體實驗？」前野開口了。

「對啊，上面有交代什麼嗎？」我故意問道。

「上面只說叫我們多做幾個猿猴的樣本，他們需要一段很長的時間蒐羅合適的志願者，一旦人體實驗開始了，上面還會派一組醫療尖兵支援我們。」宗昇抽抽噎噎地說。

「太棒了！那表示我們可以輕輕鬆鬆工作了？」嘉玲喜道。

「似乎是這樣的。大家有空去大山家裡上個香，嗚～～」宗昇哭得很煩。

於是，我們的M實驗邁入輕鬆的猿猴驗證期，大家隨意東摸西摸，還沒到下班時間就全散了。

而我一出實驗室，就跟一直向我擠眉弄眼的前野一同去酒吧喝小酒。

但我們去的酒吧，並非前野家樓下的「SuckMe Pub」。

「我把她給甩了。」前野笑嘻嘻地說，搖著啤酒。

「為什麼?你不是很喜歡她?」我吃驚道。

「我第三個晚上就上了她，破了我的老處男之身，我終於體驗到那種魚水之歡的樂趣。」前野哈哈大笑。

「這你跟我說過啦，就在上次我們再一起回實驗室的時候你就跟我說了。」我說：「但既然那麼美好，為什麼要分手?」

「喝酒!」前野舉起瓶子敲向我的酒瓶。

我們一飲而盡。

「你想想!我是笨蛋嗎?哈!絕不是!」前野的笑有些誇張，說：「我既然可以控制別人喜不喜歡我，憑什麼我要單戀一枝花?」

對於這樣的想法，我並不意外。

但前野的愛情觀顯然被M晶片給扭曲了。

「如果對方是你真正喜歡的人，那可是比什麼都還要珍貴，你可要想清楚了。」我說，又點了一手啤酒。

「要找到自己最愛的人談何容易？所以我當然要慢慢地幹，慢慢地找囉。」

前野不懷好意地看著我，說：「你難道沒想過，要用M晶片來場露水姻緣嗎？逢場作作戲，那感覺眞是刺激！」

前野的眼神彷若是情場老將，根本不像是剛剛初戀過的人。

「沒有。」我斷然說：「我愛子晴，那是千眞萬確，堅若磐石的愛。」

前野猛點頭，說：「那也無妨，只要你有M晶片在手，你跟子晴要怎麼愛都可以。但我說的是一夜情啊！不需要負責任的一夜情！」

我愣了一下，說：「你下手了？」

前野舉起酒瓶敲敲，大笑：「喝酒！」

我一邊喝著，一邊看著狂放的前野，又說：「你眞的下手了？」

前野笑說：「沒錯！只要我在酒吧跟女人搭訕，想盡辦法將耳環掛在女人的耳朵上，哈！我早已設定M晶片爲自動偵測啓動模式！哪個女人不順手擒來！」

我呆呆問道：「那你一……一共下手幾次？」

前野歪著頭，說：「一共四次，夜夜跟不同的美女睡覺，那感覺眞是爽翻天了！」

不知道是羡慕還是嫉妒，我心裡還眞有些不是滋味。

「不必繃著一張臭臉，老弟，你也可以試試！」前野豎起大拇指，讚道：「帶剛剛認識的美女開房間，要什麼姿勢就什麼姿勢，眞是一流棒！」

我想起小說裡的一夜情描述，說：「難道你沒有一夜情過後的空虛感嗎？」

前野搖搖頭，誠懇地說：「老弟，我完全認同空虛感的存在，但是啊，空虛感只存在於數十次、數百次的一夜情過後吧？我才剛起步，等到那種高處不勝寒的空虛感找上我的時候，我再認眞找個喜歡的女人結婚生小孩，還不遲！」

我聳聳肩，說：「看你這樣子我還眞有點羡慕，可是我不能再對不起子晴了，好不容易我有新的機會跟她共度一生，我只想趕快跟她結婚。」

前野一副爲我惋惜的樣子，說：「那樣啊？結婚是戀愛的墳墓，這句俗諺可是在每個民族裡都可以找到類似的句子。」

我笑著，又乾了一瓶啤酒。

前野突然起身，從口袋裡掏出兩枚閃閃發亮的耳環，說：「看我的吧，現在的我已經升級成獵豔高手了。」

說著，前野自信滿滿地走到女人堆裡，盯上一個治豔的美人。

「前野要的是放蕩的性，我要的，才是貨眞價實的愛情。」我碎碎唸著。

水能載舟，亦能覆舟。

這句老話大概很符合現在的情境吧。

只不過，當我看到那治豔的美人將耳環戴上去的瞬間，我還是心動了一下。

畢竟我還是個正常的男人。

幸好，我有子晴的堅貞愛情護體。

20

子晴跟我的愛進行得很順利。

如我預料，M晶片在我們之間渠了愛河、搭了鵲橋，使我們的感情以難以置信的速度，回復到甜蜜的熱戀期。

我是愛情的偉大魔法師，也是一個壯烈的愛情革命家。

我以智慧喚起愛情的精靈，爲破碎的姻緣綴上圓滿的祝福。

我犧牲尊嚴換取了愛情，因爲愛情的珍貴無可替代。

它是我應得的甜美果實。

□

今天不必去實驗室報到，因爲我有件極其重要的事要辦。

我必須集中所有的精神與體力，甚至必須把握最後的時間——減肥。

我一邊看著電視上的懸疑影集，一邊搖著呼拉圈。這兩個月我已經暫時戒掉了可樂，每天不斷運動，甚至在實驗室中跟飾演拳擊教練的 Jason 練習搏擊。

加上新減肥藥與子晴的鼓勵，我終於成功減掉十二公斤，變成一個不太肥的胖子。

「嗶嗶！嗶嗶！」電腦的警示聲。

子晴又戴上M晶片了。

「寶貝，妳在做什麼呢？一起吃晚餐吧？」我自言自語著。

雖然自囈的怪病仍舊糾纏著我，但我相信，一旦我跟子晴結婚了，愛情將是自言自語最好的解藥。

我撥著子晴的手機，現在子晴應該下班了。

「喂？是我啦，下班了吧？要一起吃晚餐嗎？」我熱切問道。

我看著桌上的紅盒子，一只精雕細琢的紅木盒子。

「好啊，我在公司旁邊的BY3看衣服，你來接我吧。」子晴說。

「妳慢慢逛吧，我處理一下事情再過去，掰掰！」

我掛上電話，衝進浴室快速自動沖洗。

洗完澡，我拿起號稱二十一世紀最有魅惑力的生化古龍水（專利擁有者：Jason，目前爲一拳擊訓練師），朝著自己的腋下跟該邊猛噴。

再穿上視覺設計大師簡霖良先生所推薦的亞曼尼紫金色連身西裝（此連身西裝號稱具有勾人心魄的功效），再穿上綠銀色的尖頭鞋（功效不明，但售價美金三萬，必有其過人之處）。

我站在數位瘦身鏡子前打量自己，嗯，既帥又體面，但總覺得還欠缺了什麼。

「啊！是油頭！最近流行復古風，我說忘了。」我恍然大悟。

既然想起，事不宜遲，我立刻將3M公司設計的「不油不膩三秒油頭膠」倒在頭上，快速製造出湯姆克魯斯在《不可能的任務13》裡的經典油漆頭。

我看著數位瘦身鏡。哈！眞是改頭換面了我！

我拿起今晚的主角，桌上的紅木盒。

裡面裝的當然是愛情的至高境界，結婚鑽戒！

「你有沒有五十萬美金的身價，就看今晚了啊！」

我看著紅木盒說道，走出門，走向煥然一新的跑車。

我的保時捷小跑車昨晚特意送去烤成大紅色，象徵大吉大利。但我的浪漫可不僅僅如此。我的紅光跑車的敞篷後座還擺著一大束紅玫瑰花，也是象徵大吉大利的顏色，最重要的是這一百朵玫瑰花都是精挑細選的貴族用花，共花了我520.1314元美金，也是爲了討個好兆頭。

我開著跑車，一邊打開衛星語音電話，跟「世紀浪漫快遞公司」做最後的確認。

嘿嘿，精心策劃的求婚之夜一定令子晴終生難忘，一定會倒在我的懷裡猛點頭。

「賴彥翔！今晚全看你的表現了！勝敗在此一役！」

我在車上大吼著，路上行人都報以奇怪的眼神。

想想，愛情這東西眞的是世界上最強悍的精神萬靈丹，兩個多月前我還是一頭癡肥、自暴自棄的豬，只會在廁所裡邊灌可樂邊照眞實的鏡子唉嘆，只會在深夜的陽台上，看著被主人遺棄的香菸被自己活活燒死。

一遍又一遍，一夜又一夜。

現在，我卻精神奕奕、神采飛揚、神氣活現、生龍活虎、眉飛色舞、神清氣爽，一百個佳詞美句也形容不完我此刻的最佳狀態，這都虧了我對愛情的執著。

「一切妥當！」我深吸了一口氣。

將車子停在子晴公司的樓下，撥了電話。

「子晴，我將車子停在外面，妳快出來吧。」

「啊！你怎麼把車漆成紅色的？」子晴拿著手機，站在玻璃門後呆呆說道。

「喜氣洋洋啊！快出來吧！」我樂道。

子晴收起手機，走出服飾店，快步坐上我的紅光跑車。

她看見我一身的連身紫金西裝，大叫：「你怎麼穿連身的西裝？還紫色的！」

我漲紅著臉，說：「好看吧？花好多錢特地買的，亞曼尼最新款的。」

子晴睜大眼睛，只是微微點頭，要我趕快開車殺出她的公司方圓十公里。

「帶妳去一個很浪漫的地方。」我笑著，在子晴的臉上輕輕一吻。

「快走啦你！」子晴叫道，用力捏著我的大腿。

我立刻飆著我的紅光跑車，駛向昂貴又絕頂浪漫求婚勝地「活死人墓餐廳」。

21

世間最浪漫的愛情故事是什麼呢？

扣掉我跟子晴的故事，最浪漫的愛情當屬上個世紀金庸所著的《神鵰俠侶》了。

《神鵰俠侶》中的男主角楊過，對女主角小龍女一往情深、不顧一切的愛情，跟我還眞有異曲同工之妙，尤其是楊過從色情狂公孫止的手中奪回小龍女這一部份，跟我贏回子晴的芳心的橋段，更是頗爲雷同。

而神鵰俠侶中的重要愛情基地，首選不見天日的「活死人墓」。

在活死人墓中，楊過跟小龍女一起生活、結婚，多半也在那裡終老一生吧，雖然名稱是晦氣了點，但涵意極爲浪漫，每週都有癡情男女花上大把銀子在「活死人墓餐廳」排隊劃位，就是爲了向心愛的另一半求婚。

也因此這個蓋得很像大墓穴的圓形餐廳，博得了「亞洲最佳求婚場所第二名」的美名（第一名是位於大陸終南山下，佔地五萬坪的活死人墓餐廳本店，台灣的餐廳僅僅是其分號）。

另外很重要的一點，就是墓穴的涵意。

結婚號稱是戀愛的墳墓，所以在這裡向愛人求婚，可謂事半功倍。

我牽著子晴走進這座圓形的大墓穴，隧道裡面黑沉沉的，只有些微燭光在走道旁虛弱搖曳。

走道的盡頭豁然開朗，豪豔的噴水池坐落在大廳中央，五顏六色的光柱跟節奏活潑的水花共舞著，穿著喪服的服務生氣質高雅地捧著金色的餐碟走來走去。牆上貼著每一對求婚成功的情侶黑白照，象徵死去的愛情已昇華成無堅不摧的婚姻。

而我訂的位子是貴賓級的寒玉床，情侶可以坐在冰冷的石床上共享燭光遺餐。

「這裡很貴吧？」子晴怯生生說道。

「妳喜歡就好。」我笑著。

子晴一定很清楚今晚將發生的事。

每對情侶來到這裡，都很清楚今晚將是自己人生中最重要的時刻。

「吃點什麼？這裡的東西我打聽過了，越貴的就越好吃，童叟無欺。」我笑道：「這家店真是精打細算，知道這種錢絕不能省，也沒有人會省。」

沒錯，求婚是人生大事，一定要氣氣派派。

比起在灰姑娘咖啡館求婚的孟修，我不知多疼了子晴幾十倍。

子晴看著菜單，說：「我要一客冰島鱈魚套餐，飲料曼巴，謝謝。」

我則點了一客神戶牛排，還給了不少小費。

「今晚將令我們終生難忘。」我挺起胸膛，紫金色的連身西裝閃閃發亮。

「是嗎？」子晴的笑有些尷尬。

「Surprise！」我拍拍手，示意子晴看著大廳中間的水舞。

子晴一轉頭，雷射光束立即在水幕上耀出「我愛妳一生一世」的字樣，光彩奪目！

子晴的嘴巴張得很大，還來不及說點深受感動的話，數百個七彩氣球立刻從古墓大廳四周冉冉上升，每個氣球表皮都印上子晴跟我的合照。而且，沒有一個氣球上的照片是重複的！

現場所有前來求婚的佳偶們全都發出驚羨的讚嘆聲。我站在寒玉床上，紳士地向大家鞠躬，讓我們這對情侶接受所有人的注目禮，子晴的臉登時紅透了。

我雙手一揚，環繞立體音響奏出超級乖男孩的冠軍情歌〈I am your husband by destiny!〉全場歡聲雷動，掌聲不絕。

「怪了，喜鵲怎麼沒有飛出來？」我心裡嘀咕著。

我早吩咐「世紀浪漫快遞公司」在歌曲響起時，讓數十隻喜鵲從隧道中飛出，衝上大廳挑高三十公尺的廳頂。效果一定是夢幻級的。

算了，反正整個大廳已經浪漫到了頂點！

我看著滿臉通紅不知所措的子晴，心中得意非常。

根據我這一星期研究的《如何討女性歡心》叢書，得到一個求婚必勝的招式：讓女人越有面子、在眾人面前被極寵愛的感覺，那麼求婚簡直沒有法子不成功。

「這麼多年了，我們總算又在一起了。」我看著子晴的明眸雙眼，誠摯地說：「人家說小別勝新婚，我們分離三年多，累積的思念更是無與倫比，妳重新接受我，讓我從絕望的深淵躍上天堂，所以……」

我單膝跪在寒玉床上，整個活死人墓頓時鴉雀無聲，連音樂都戲劇性淡出。

所有人都在看著我們。

「所以，請讓我好好疼妳一輩子，讓我們兩人的人生地圖，永永遠遠結合在一起。」我感性地說：「嫁給我吧！」

子晴呆呆地看著我，眼神充滿了矛盾與困惑。

「嫁給我吧！」我重複說著。

拾起子晴纖白的手指，輕輕一吻。

「我……這……」子晴支支吾吾的，臉上一陣青一陣白。

難道是傳說中，女性以退爲進的矜持？

啊！我眞笨！我居然忘了最重要的鑽戒！

「讓我爲妳戴上它，繫住我倆一輩子的恩恩愛愛。」我笑著。

拿出口袋中的精緻紅木盒，盒蓋彈開，價值美金五十萬的光芒刺得子晴一臉蒼白。

等等？一臉蒼白？

子晴為何一臉蒼白?!

子晴倜促地說：「這件事來得太突然，我……我……」

什麼？竟然有這種事？難道是鑽戒不夠大顆？

還是喜鵲沒飛出來，浪漫還不夠絕頂？

「Shit！」我脫口而出，渾身冒冷汗，搖搖欲墜。

因為我突然發現，子晴的頭髮是直直披落的，耳朵上也不見耳環！

為什麼？

為什麼M晶片沒在子晴的身上？

我糊塗透頂了，居然忘記確認子晴有沒有除去耳環或髮飾！

「妳……妳怎麼不戴……不戴上我最喜歡的耳環？」

我結結巴巴，一邊擦著額上滾滾而出的冷汗。

「我在店裡跟朋友聊天，她很喜歡我的耳環，所以我就借給她了啊。」子晴小聲說道：「你快起來啦，大家都在看我們呢。」

「鎮定，賴彥翔，你一定要鎮定。」我失魂落魄地自言自語。

「你在胡說八道什麼？快點起來啦。」子晴有些生氣了。

「嫁給我吧，我會愛妳一輩子，一輩子愛妳，不管刮多大的風，下多大的雨，我都會很愛妳，不會拋棄妳。」我隨口編織著很爛的求婚句子，心急如焚。

我跟子晴在這三個月中的種種溫馨互動，積累的情意絕對是眞實而澎湃的，加上我倆以前種種又酸又甜的回憶，就算一時沒了M晶片的幫忙，我這場精心策劃的大求婚也該成功才是！

「不是說我現在沒那種心情嗎？你再不起來，我要走了。」子晴的表情僵著。

原來……原來這次求婚的主角不應是迷死人的浪漫，也不是貴死人的大鑽戒，而是我寶貝的紅線M晶片！

「那……那妳愛我嗎？」我幾乎哀求著。

「當然愛。你快起來。」子晴說，臉色稍稍和緩。

當然愛！眞是好險！

但我還是要奮力求婚，畢竟都走到這一步了！

「等一下！妳等我一下！我立刻回來！」我慌慌張張站了起來。不顧眾人猛烈的同情眼光，我直奔進隧道，衝出晦氣到爆的活死人墓，鑽進我的紅光跑車。我大叫「啓動！」，立刻驅車奔回家中。

一路上懊悔著自己居然沒有帶著備份的M晶片，還自得其樂地沉浸在暴發戶式的浪漫中，一廂情願地認爲求婚必勝，結果還不是要飆車回家討救兵！

回到家，我不僅拿了兩對M晶片耳環，保險起見，我也將遙控器帶在身上，好在關鍵時刻來個「最大強化」，令我過關斬將，抱得美人歸。

拿著祕密武器，我狂飆著紅光跑車衝向「活死人墓」，沿途還接到子晴怒氣沖沖的電話，要我趕快回到餐廳，她一個人待在那邊非常尷尬，又沒錢付帳離開。

我瘋狂道歉，直說我肚子突然異常絞痛回家吃特效藥，幾分鐘內就趕到。

掛上子晴的電話，我立刻打電話給凸槌的浪漫快遞公司一吐怨氣。

「喂？浪漫快遞公司嗎？我要的喜鵲怎麼沒出現！」

「啊！是賴先生！對不起對不起，因爲喜鵲運送的途中塞車，所以晚了很久才送達，如果您還需要的話，我們的技術人員會隨時支援，並依合約規定理賠。」對方的聲音充滿歉意。

「當然要！指令換成我單膝跪地，大喊請嫁給我。」我大聲說道。

「是是是，您大喊時喜鵲立刻飛進去。」

「還有，我一拍掌，就要聽到少婦殺手蕭敬騰翻唱的那首求婚老歌，知道嗎？」我交代著，語氣已經和緩許多。

「是！一定替您辦好！到時候還會有燈光特效，完全免費，就當作是我們的歉意。但臨時找歌，還請多給我們五分鐘時間，一定辦妥。」對方誠惶誠恐。

此時紅光跑車衝進活死人墓的代客停車區，我將鑰匙拋給穿著喪服的服務生。

整理衣冠，調整呼吸，好整以暇地走進隧道，紳士翩翩地出現在大廳。

「對不起，我的肚子已經好多了。」我抱歉地說，看著冷冰冰的子晴。

「你去付帳吧，我想走了。」子晴的聲音充滿怨念。

我不怪她，畢竟借朋友耳環並不是子晴的錯，而是我不夠細心確認。

「等一等，我還有禮物要送妳，妳看。」我拿出一對金色的耳環，說：「只有妳漂亮的小耳朵，才能夠讓這對耳環閃閃發光。」

子晴接過耳環，勉強笑道：「謝謝，但我真的想走了，今天晚上你提出來的問題，我會慎重考慮的，但現在我真的沒辦法思考。」

我點點頭，笑道：「請讓我看看耳環在…妳耳朵光彩奪目的樣子，好嗎？」

子晴搖搖頭，說：「翔，我有些累了，先送我回去好嗎？」

這怎麼成？我已經設法彌補過錯了！

我溫柔地說：「好，但是我真心想看妳戴上耳環。」

子晴的臉色有些難看，但還是噘著嘴，戴上繫起我倆姻緣的M晶片。

我早已將每片M晶片設定成「若是偵測到子晴腦波，則自動調整至戀愛頻道」，但調整仍需要一些時間才能完成。於是我偷偷伸手在口袋裡，按下「急速調整」的按鈕。

「可以走了嗎？」子晴氣呼呼的，雙手扠在腰上，十足的可愛模樣。

「再等一下，我還有些話要跟妳說。」

我含情脈脈地看著子晴，心中暗暗祈禱調整趕快見效。

「我們快丟臉丟死啦，還不快走？」子晴用氣音跟我說。

隨即在我的腰上重重掐了一把，痛死我了。

「再等一下下。」我深深吸了一口氣，或許調整已經成功。

「有話車上再說了啦。」子晴一臉快暈倒的樣子。

是時候了！

我拍拍掌，大廳頓時暗了下來，雷射光束從四面八方射向廳頂，閃耀著「親愛的，我多麼幸運，人海中能夠遇見妳。」現場頓時掌聲響起，就跟我所預料的一樣。

「親愛的，我多麼幸運，人海中能夠遇見妳，親愛的，我多麼盼望，每一天在這裡和妳擁有家的感覺，親愛的，我多麼幸運，人海中能夠遇見妳……」

少婦殺手蕭敬騰翻唱的這首老歌，聽說原本是一個叫殷正洋的老歌手所唱。這首歌詞曲兼優，正是拿來求婚的絕佳背景音樂。

動人的歌聲載負著幸福的辭意，立即贏得全場情侶的掌聲，個個眼中泛著晶光。

「這一天我等了好久好久，子晴，過去的三年裡，每一天我無不祈求上蒼，祈求有一天妳能夠回到我的身邊，讓我盡所有的一切彌補我的錯誤，我日日夜夜渴求的時刻終於來臨。」我說，左手伸進口袋裡，按下「最大強化」的按鈕。

子晴的眉頭漸漸化開，我倆之間的空氣頓時變成粉紅色。

在優美的背景歌聲中，天使彷彿降臨在四周，張開潔白柔和的翅膀。

我單膝跪地，拿起那一只顯然不夠華貴的鑽戒，大聲喊道：「嫁給我吧！」

子晴的頭微微震動，即將以我最喜愛的角度，答應我最溫柔的誓約。

而隧道裡也傳來數百雙翅膀的拍擊聲，由遠而近……

我的喜鵲大軍即將爲眞摯的誓約做最後的禮讚！

「轟！」

數百隻喜鵲從隧道裡一轟飛出。

這群受過嚴格訓練的小喜鵲登時盤旋上廳頂，白翅皓皓，活死人墓餐廳頓時籠罩在天堂仙境。

許多女人更是緊緊擁住身旁的男人，感動得不能自已。

「嫁給我吧。」我輕輕說道。

子晴的笑慢慢開展，緩緩地……

緩緩地……

「啊～～～～～～～～～～～～～～～～～～～～～～～」

一個女人尖叫。

然後，所有的女人在頃刻間扯開喉嚨，拼命突破自己生平的最高音。

連子晴，那原本正要點頭允諾的瞬間，也跟著抬起頭來，花容失色地尖叫。

我的心臟幾乎要炸裂開。

數百隻雪白的喜鵲盤旋聚頂的剎那，數十對情侶對空讚嘆的美妙瞬間，那些臭鳥竟然大肆拉糞，鳥屎自數十公尺的高頂往下密集噴射，糞如雨下，情侶們個個來不及閃躲，身上全被白色膠狀的爛屎命中！

「啊～～～～～～～～～～～～～～～～～～」

所有人，不管男士女士，甚至服務生，全都躲入桌子底下避彈，或衝進隧道想逃出已變成大型鳥籠的求婚勝地。

而我，呆若木雞地跪在寒玉床上，看著被乳黃色鳥糞暖暖裹住的大鑽戒。

心中一片死寂與黑暗。

這就是我精心策劃的求婚妙招？

子晴嚇得痛哭失聲，抱著頭，用長長的桌巾當雨衣包住自己。

這就是我企求贏得美人芳心的招數？

子晴用力閉著眼睛大哭，連鼻涕都哭出來了。

我掏出遙控器，看著上面的腦波數據，上面顯示子晴的腦波已經脫離M晶片的掌控，數據忽高忽低，東跳西竄，完全不理會M晶片的作用。

一定是突然的恐懼錯亂了子晴的意識，最近對猴子的實驗也有類似的結論。

「今天恐怕是不成了。」我喃喃自語，將控制器收起來，擦掉臉上的鳥糞。

我這個自言自語的怪病，恐怕還要拖上好一段時光才能痊癒。

後來怎麼善後的，我就不多描述了，惡夢醒來總是不願意多回憶。

總之錢可以打理一切就是，特別是很多很多錢。

至於子晴，在我送她回家的路上一直不願說話，眼睛直視前方。

我實在看不出子晴到底在想什麼。但絕不會是什麼好心情，這點自覺我還有。

子晴家樓下到了。

「今晚眞的很抱歉，都是我太愛搞些稀奇古怪的花招。」我將車停下，說：「我眞是個笨蛋加三級，什麼都做不好，Shit！我眞的搞砸了。」

我一頭撞在方向盤上。我倒沒說謊，我眞的毀了一切。

突然，子晴在我的臉上重重一吻。

我驚訝地抬起頭來，看著子晴一邊擦著眼淚，一邊擠出鼓勵的笑容。

「妳不怪我？」我吃驚地看著子晴。

「謝謝你爲我設計這麼浪漫的夜晚，我知道你都是爲了討我開心，才這麼大費周章。」子晴的笑掙脫了一晚的哀怨。

多麼的溫柔，多麼的善解人意。

「妳眞是我的天使。」我抱著子晴，很緊好緊。

「不過啊，要我嫁給你，你還要再加加油才行喔。」子晴親著我的耳朵。

算是原宥了我。

「我知道我知道，下次我一定把每隻喜鵲的小屁屁都塞上橡膠丸，讓牠們想拉也拉不出來。」我亂說著笑話，心裡又欣慰又感激。

「還有，下次別再穿這麼奇怪的衣服。」子晴很嚴肅，指著我的連身紫金西裝。

「我還以爲妳會喜歡。」我遺憾地看著這身亞曼尼。

「就這樣吧，我要上去洗澡了。」子晴開玩笑地瞪著我，說：「因爲鳥大便好臭。」

我乾笑著，跟今晚幾乎成爲我新娘子的子晴揮手道別。

我看著子晴的身影隱沒在門後，然後看著樓上公寓的燈光亮起，然後子晴的妹妹洛晴，打開窗戶向我大笑招手：「我姊姊好臭！」

然後的然後，我尷尬地陪笑，看著遙控器上的數據：「520.1314」。

果然，只有在戀愛頻道開啓時，子晴才會像三年前一樣，對我溫柔體貼。

我感到有些落寞，有些感嘆。

我就像另類的吸毒者，瀰漫在虛無的煙霧中，吸食著人工製造的浪漫。

我已中了M晶片的毒，戒不了，也不想戒。

若是這樣，我必須認眞考慮將M晶片永遠植入子晴腦內這回事，畢竟我已無法離開子晴的愛，而子晴也一定能從我的身上覓得世間最癡情的愛。

前野擁有將M晶片植入猿猴腦內十多次的經驗，也擁有哈佛醫學博士的學位，他一定能幫我這個忙，使子晴的意識永永遠遠都鑲嵌在戀愛頻道下，跟我白頭偕老。

「要怎麼做，才能對子晴的大腦開刀呢?需要製造一起車禍嗎?」

我自言自語著，聽著車上的〈I am no dear John!〉情歌，慢慢開車回家。

22

這不是一部恐怖的愛情演義，也不是陰森的浪漫小品。

這是一個破鏡重圓的感人故事。我很堅持。

所以，我必須確保子晴經過M晶片的手術後能夠健健康康，不會變成舉止怪異的女人，也不會有什麼詭譎的副作用，這樣我才能安心地請前野爲子晴動手術。

子晴絕不能是M晶片人體實驗的第一隻白老鼠。我必須等待。

然而，雖說M晶片的應用一定是屬於SONY公司永遠的發財祕密（說不定是裝在SONY的筆記型電腦、電視、隨身聽等家電中），默默影響全世界人類的消費習慣，從此SONY的各種產品一定會百分之百大發利市，這樣我們幾個研究者手中的公司股票一定瘋狂上飆。

段。

但這幾天SONY總公司並沒有開始人體實驗的意願，一切似乎都在前置階

這中間當然有現行法律限制的問題，不只是日本與台灣，幾乎所有的國家都簽訂了「北京2016第七公約」：禁止進行有爭議生化科技人體實驗，例如禁制複製人研究、強化人研究、變種人研究等等。

SONY公司萬一在實驗的過程中被揭露出心靈控制晶片的計畫，一定會慘遭各界討伐，研究也將被迫停止。

這是可以理解的，人體實驗必須極其祕密地策劃。

其二，萬一人體實驗出了嚴重的紕漏，M晶片研究就有曝光的危險，所以我猜測SONY正在尋找更合適的實驗地點，隱密而媒體匱乏、法治死亡而無視人權的鬼地方。例如非洲去年才宣佈獨立的哥薩亞熱那、阿富汗第七帝國、伊拉克共和國等等。

「Shit！要等SONY找新地點跟建新實驗室，那不就要等得遙遙無期？」

我躺在床上自言自語。

「不不不，說不定SONY早就在進行了，SONY這麼愛錢，這種事一定已經

進入最後的籌備階段，說不定已經替TST訂好去阿富汗等鬼地方的機票了。」

我胡思亂想著。

「人體實驗這種事可不能開玩笑，反正M晶片已讓我有贏無輸，幫子晴大腦開刀的計畫就先緩一緩吧。」我打定主意，心裡踏實多了。

反正現階段先把子晴娶到手，若以後幫她動手術的機會便多的是。

至於我的最佳共犯前野，他在這三個月之間已成為夜夜獵豔的假情聖，每天總會找機會私下跟我說他昨夜床上的對象有多騷多辣、或是有多純多潔，他說自己是專業的科學家、超專業的「蒐藏家」。

蒐集什麼的蒐藏家？當然就是蒐藏一夜情的大專家。

坦白說，要是我沒有子晴，我就等於沒有了良心。

沒了良心，我九成九也會變得跟前野一樣放蕩。

M晶片等於是人性私慾的試煉石，它擁有操控他人心智的能力，這種能力象徵能奪去他人一切的權力。能夠抵抗這種權力慾望的，世上恐怕難尋幾個這樣的大哲大聖。

多虧了對子晴的愛，讓我得以通過慾望地獄的試煉，無視無數美女撩人的眼神，專注在與子晴天地動容的愛情上。

一想到我比前野有品多了，心中頗為安適，便沉沉睡去。

23

第二天，我到了TST實驗室，大夥忍不住問我求婚的經過。

不消說，當然是引來一陣大笑與奚落。

我訕訕地坐在沙發上，說：「要不是我中途肚子痛，求婚早就成功了。」

前野頗有興味地看著我，他當然知道我的苦處。

Jason一身的運動勁裝，同情地說：「肥豬，你犯的錯誤不是拉肚子。」

我冷道：「拳擊教練懂什麼愛情？」

Jason一拍手，大呼：「你說得對啊！」

說著，Jason便將一身的運動服脫下，然後用力掙脫超級緊身的橡皮內褲，渾身精赤地走到他專屬的衣櫃前，拿了一套白色的醫生服穿上。

他轉頭時已是一本正經說：「你好，我就是名心理醫生Dr. Sick，說話富有哲理，個性自傲略帶古怪，今年五十八歲。請問這位肥豬先生有什麼煩惱憂愁嗎？」

我看著Dr. Sick認眞的表情，只好說：「我求婚失敗。」

Dr. Sick哀憐地說：「你那種求婚方式是砸錢，跟浪漫一點關係也沒有，失敗的原因也跟你鬧肚子一點關係也沒有。你需要的，是多很多情感，少很多氣派。」

我悶悶地問：「那該怎樣多很多情感？」

Dr. Sick一副老謀深算道：「這樣問就有失肥豬你的智商了，使用情感這種武器的方式，端看你跟你女友的相處經歷，經歷不分大小，只分長短。」

我沒好氣地說：「敢問爲何經歷不分大小，而是要分長短？」

Dr. Sick微笑說：「戀愛的過程中總會發生感人的大事，那些大事衝擊雖大，但它的感情能量卻在當下就釋放完畢，來得快，也忘得快，頂多拖個一、兩年，那些感人的大事就會被沖淡。由於情敵也能夠做出驚天動地的大事，所以用愛情的大事決鬥，太累也太不划算。」

我開始感到好奇，問道：「難道大事不做，盡做些小事？」

Dr. Sick滿意地點點頭，說：「有的經歷如雞毛蒜皮，但它會綿延在生活裡，所以注意了肥豬！經歷是綿延在生活裡，而不光是綿延在愛情裡，而愛情表面的層次太多，所以要從生活的根部著手。綿延在生活中的小事，剪不斷，忘不了，因為愛情可以不要，但生活還是得繼續下去，所以，只要將愛情淡淡藏在生活裡，就會發揮無招勝有招的妙境。」

還真有點道理，我不停地點頭。

經歷綿延在生活裡，所以愛情應該藏在生活裡，這真是我跟子晴六年感情的照印。

我們一起在小小七坪的租屋裡度過一年半的光陰，也在華夏度過兩年的時光，不知道一起吃過幾千次飯，不知道一起被陽光刺醒過幾千次，也不知道吵過幾次大架小架、一起熬夜打電動玩具……

總之，我們的確在平淡的生活裡找到幸福的味道。

我自言自語說：「幸福，不只是愛情而已，還有生活。就是這麼一回事，這跟我的人生地圖觀頗有類似之處啊！」

Dr. Sick看我一副迷途知返的樣子，得意地笑說：「平淡勝浪漫，綿延勝轟烈，愛情的致勝祕笈就是不要光看愛情，你看不到的，都藏在生活裡。」

我簡直要跪了下來，忙問：「我把愛情藏在生活了，但是我要怎麼求婚才會成功？」

Dr. Sick狐疑地說：「通常如你所說的情況，是不太需要煩惱求婚的。」

我急切地問：「這你先別管，快告訴我求婚成功的捷徑。」

Dr. Sick聳聳肩，老氣橫秋地說：「生活裡的毛皮小事長期累積後，卻有如鈾的能量，若是把它造成核子彈，其威力可想而知。至於要怎麼造成核子彈，嘿嘿嘿，請好好用你那顆豬腦袋想一想。」

是啊，我得好好想一想。

我下班後，就開始冥想。

冥想的題目簡單中見複雜：如何從平凡生活中製造威力驚人的愛情炸彈？

要如何製造出決定性的愛情核子彈呢？

改良M晶片的功能，使它的腦波控制能力更上一層樓？

這方法顯然太耗時，而且也跟藏在生活中的愛情沒有關係。

「生活中的愛情……生活勝愛情……小事勝大事……綿延勝爆發……這中間的涵意根本不難懂，但要如何使用勝過愛情的『生活』呢？」

我徹夜想著這個問題。

若將這個問題往後再退一步看，其實是「如何使子晴感受到我的重要」。而我的重要，就顯現於我在子晴的生活中的位置是多麼的不可取代，因爲子晴不是光愛我這麼簡單，她還跟我一起生活！我們彼此的人生地圖交疊甚深！

是啊！

我們的人生地圖幾乎重疊在一起，六年一同生活的共同經歷不可小覷！

「這就是愛情的核子彈！用人生地圖做成最後的核子彈！」我喜道，振臂狂呼。

我知道該怎麼利用我倆的人生地圖了！

加上M晶片的一臂之力，這個「遊戲」一定能夠成功！

24

今晚，沒有浪漫的燭光。
燭光太有氣氛。
今晚，也沒有悠揚的音樂。
音樂太過醉人。
今晚，當然也沒有翩翩飛舞的喜鵲。
喜鵲會大便。
今晚，只有平凡的日常生活。
「猜拳輸的洗碗。」
我笑著，懶趴趴地坐在和室地上。

晚餐是子晴的快炒青江菜、蛤蜊湯，還有我拿手的蔥爆牛肉，外加兩盒好吃的章魚丸子，這是以前我跟子晴同居時經常見到的晚餐組合。

「剪刀、石頭、布！」

我跟子晴吆喝著。猜拳洗碗是老規矩了。

子晴哭喪著臉，捧著碗碗筷筷走進廚房，我則躺在和室地板上假裝游泳。

以前我也是這樣，在地板上空泳運動，等待子晴洗好碗筷。

若是由我洗碗，子晴一定會在榻榻米上睡到流口水。

「等一下要做什麼啊？」我問，故意打了個哈欠。

子晴在廚房說：「要打電動嗎？我要玩星海殺戮，我最近變得比較厲害一點喔，不用十五分鐘就把洛晴電倒囉。」

我伸了個懶腰，說：「星殺玩得好膩喔。」

我站了起來，走到臥房偷偷拿起改裝得很像空調控制器的M晶片遙控器，按下「最大強化」的按鈕，並將時間設定成十個小時。

「那你想做什麼？」子晴在廚房大聲說。

「不知道，妳說呢？」我說，回到和室地板上空泳。

「不然我們再去買張拼圖？」子晴將洗好的碗筷放在櫥子裡，走到我身邊坐下。

「好啊，可是改天吧，今天沒那種雅興，嘻。」我抱著子晴，慵懶地說。

「哇，那你想做什麼？該不會想睡覺了吧？」子晴看著錶，說：「才七點半。」

我假裝靈機一動，說：「那我們玩大富翁好不好？」

子晴搖搖頭，說：「兩個人玩大富翁好無聊。」

我緊緊抱著子晴，說：「我有個新點子，一定可以兩個人玩啦！」

子晴摀著耳朵，在地上滾來滾去：「我不聽我不聽，兩個人玩大富翁好可憐！」

我壓在子晴身上，一邊吻她一邊鬼叫：「這個新大富翁還只能我們兩個人玩，多一點人玩反而怪怪的。」

子晴無奈地放開雙手，笑說：「你的新點子一定很糟糕。」

我哈哈一笑，在地上抱著子晴說：「這個新大富翁我命名為『老地方大回憶』，是只屬於我們兩個人的遊戲。」

子晴好奇地問：「怎麼玩？自己做地圖嗎？」

我點點頭，說：「我們用我們珍貴的老地方，做成一份屬於我們自己的大富翁路線圖，每個地點的價格都不同，它對我們很重要，價錢就貴些，它對我們比較不重要，那個地方的價錢就低一點，怎麼樣？」

子晴很高興地說：「好啊好啊，聽起來很好玩！」

於是，我們將全開的光漆紙攤在地上，兩人手上各自拿著油力筆，興致盎然地討論著『老地方大回憶』地圖上，應該有哪些「老地方」上榜。

「我們第一次見面的地方，無名小站裡的G板，就當作是地圖的起點吧。」

我拿起油力筆，在紙上畫了一個方格，寫下無名G板四個字。

我看著她：「妳看要定價多少錢？」

子晴在方格上方寫下「五千萬」，說：「就五千萬吧！沒有它我們就不會在一起。」

我吐了吐舌頭，說：「好貴啊！」

子晴想了想，在紙上畫了一個別墅，寫上504的門牌號碼，說：「我們住了好久的租屋，甜蜜的504應該賣三千萬。」

我在紙上寫著「好口味臭豆腐」，說：「常常吃宵夜的地方，本來只值五百萬的，但因爲它也是我挽回妳的地方，所以它價值兩千萬。」

子晴在我寫上的價格下，補充寫上「子晴免費通過，笨翔經過必買」，說：「這是你應該做的。」

我抗議：「這不公平！」

子晴捏著我的大腿，說：「這個遊戲本來就不應該公平，這是愛的遊戲。」

我苦笑，心裡卻非常開心。

「聞香牛肉麵，加麵加湯不加價，眞是個好地方，兩百萬。」我笑著。

「那老闆後來看到你就怕，眞好笑。」子晴也笑著。

「有一次我參加老闆辦的大胃王比賽，忘了五分鐘吃幾碗了，總之得到第三名。」我回憶著聞香牛肉麵的道地湯頭，食指大動。

子晴想了想，說：「雙子星漫畫店也要上榜，一個禮拜總要去兩次。三百萬。」

我吞了吞口水，說：「還有好吃又便宜的貴族世家，當初沒什麼錢的時候常常去吃，一億。」

子晴把我寫上去的「一億」劃掉，補上「兩百萬」，說：「它哪有這麼値錢！」

「永豐旅社呢？住一晚才六百塊，記得嗎？」我說，寫下八百萬的高價。

子晴甜甜地說：「怎麼不記得？我們租的地方沒冷氣、沒電視，夏天好熱好熱，我們每個月總要存點小錢去那裡過一晚，吹冷氣看電視、睡覺。」

我懷念道：「好像貧民的度假，那時候我們還常常買雞肉飯跟滷蛋，在旅社的床上一邊看電視哈哈大笑，一邊吃飯。」

子晴幽幽地說：「爲什麼人總在有錢的時候，懷念起貧窮的日子啊？」

我想了一下，說：「也許是因爲，貧窮的日子單純而容易滿足；也許是因爲，情人總是在貧窮的時候相互扶持。」

子晴的眼睛有些淚水，說：「也許是因爲，貧窮的時候，總是有許多可愛樸實的老地方，那些老地方因爲貧窮時相依偎的溫暖，充滿了愛的眞諦；也許是因爲，我在貧窮的時候，比在富裕的時候更加愛你。」

我親了親子晴的眼睛，吸吮著她眼中的淚水，說：「以後這張大富翁遊戲地圖，會隨著我們之間的老地方增多而擴張。」

子晴回吻我，感動地說：「一定。」

於是，那晚就在我跟子晴充滿回憶的氣氛下，讓地上人生地圖的老地方越來越多。

我們常常合吃一份的雙份牛排店、老闆總會說「一樣嗎？」的早餐店、東海大學的文理大道、第一廣場的二輪片影城、梧棲鹹鹹的海邊、沒有人盯場的家樂福……

這就是隱藏在生活中的愛情，所製造出的愛情核子彈。

「以後我們常常玩這個大富翁好不好？」我從後面抱著子晴。

「好哇！」子晴吃吃地笑，擲出骰子，是兩個「六」。

十二步，子晴的棋子正好走到我被迫以重金買下的臭豆腐店。

「Shit！是妳免費通過的好口味臭豆腐！」我慘叫。

這個核子彈，就在我的精心策劃下引爆了。

引爆了我跟子晴最珍貴的回憶，我相信求婚成功的日子已不遠。

至於求婚的地點，我知道我不能再一味追求虛浮的浪漫。

真正的浪漫不是用場面堆出來的。至少我的女人如此認爲。

25

「成功了嗎？」

Dr. Sick老氣橫秋地問，盤腿坐在超級電腦上。

「託福，算是非常成功。」我坐在沙發上，漫不經心地說。

我之所以漫不經心，不是因爲不想跟Dr. Sick談我的老地方大富翁遊戲，而是因爲分心在前野跟嘉玲奇怪的互動。

前野正幫著嘉玲按摩，嘉玲正看著悟空跟達爾的身體健康數據，一邊微笑。

而嘉玲的耳朵上，正搖曳著藍色的小墜環。

我看了前野一眼，前野神祕地笑著，他的手不乾不淨地在嘉玲的背上遊走。

不會吧？我以前也對美麗的嘉玲動過心，兩個人也曾一起看過幾場音樂會，

Shit！這淫獸居然動起嘉玲的腦筋?!

我嚴厲地看著前野，但他並沒有迴避我的目光，反而笑得更加淫賤了。

「你們在談戀愛啊？」Ken穿著黑色的皮風衣走進實驗室。

「你遲到了整整五個小時。」Dr. Sick看了看錶。

Ken沒有回應，只是看著前野跟嘉玲，說：「你們什麼時候在一起的？」

嘉玲只是微皺眉頭，前野則笑得陽光燦爛。

我看見Ken一臉的狐疑跟失望。

的確，這次前野的確做得太過分了，竟敢企圖染指TST公認的美麗寶貝！

嘉玲繼續讀著猿猴的健康數據，任由前野幫她捶背，而Ken則一臉懊喪地坐在我身旁，問我：「喂！這怎麼可能？」

我聳聳肩不說話，沒想到宗昇遠遠在實驗室的另一頭大叫：「你也覺得很奇怪吧？！我也實在想不透。」

前野哈哈一笑，說：「因爲我有內涵啊。」

眞是噁心！

□

接下來的兩個星期，我每天實驗時，都要忍受前野恣意地跟嘉玲打情罵俏，那種淫賤的樣子看了就怒火中燒，連結了婚的宗昇也常常半天不說一句話，把自己埋在M晶片的超微電路中。

至於暗戀嘉玲很久的 Ken，每天都哭喪著臉，把自己關在強化玻璃牢籠內，兩眼呆滯地拿著鳳梨，跟悟空、達爾一起玩躲避球。

甚至，Ken 開始瘋狂加班，直到每個人都走了，他還是一個人在鍵盤上敲敲打打，有時甚至直接睡在實驗室裡，沒有人知道他要自暴自棄多久。

「醜話說在前頭。」宗昇嚴肅地勸戒 Ken：「這裡不是史丹福，你要是做奇怪的炸彈把實驗室炸掉了，你賠也賠不起。」

Ken 沒有理會宗昇，只是髒白著臉，專注地盯著M晶片的結構圖深思。

「前野！需要性愛教練嗎？！免費的幹砲教學喔！」Simoncat 大叫，一身保險套做成的塑膠衣。

這禮拜他叫 Simoncat，是個對性愛技巧有驚人造詣的黑人，年紀十八，個性活潑好動沒禮貌，是個舊式保險套的愛好者。

Simoncat是唯一沒受前野影響的奇人。

前野哈哈笑，看著嘉玲說：「別亂說，我們只是好朋友啦。」

嘉玲吃吃地笑著，拿著原子筆用力敲打前野的禿額。

整件事是越來越噁爛了！

26

我不能坐視嘉玲落入淫獸前野的手中。

有一天，我在下班時約了前野一起到星巴克喝咖啡聊聊，打算好好勸戒他一番，希望他迷途知返，不要再做慾海饑民了。

兩人坐在靠窗的位置，前野要了大杯的巧克力脆片冰沙，我點了五杯哥倫比亞。

「你應該知道我要找你聊什麼吧，所以我們就直接敞開來談。」

我一口氣將一杯哥倫比亞喝掉。

「是嘉玲的事吧。」前野一派輕鬆地說。

「對，簡單一句：不准動嘉玲！」我認眞地說。

「爲什麼？你自己不也把M晶片用在你女友身上？」前野愉快地說，吃著巧克力薄片。

「那不一樣，我跟子晴之間擁有許多美好的回憶，我們之間是眞愛。」我又喝掉一杯哥倫比亞。

「既然是眞愛，何不把你弄的M晶片功能給停掉？」前野笑著說：「你不敢，不是？」

我沉默了一下，說：「沒錯，我的確不敢，但我所要說的重點是M晶片用途的正當性。不可否認，你將M晶片用在錯誤的地方。」

前野假裝吃驚地說：「是嗎？」

我又喝掉一杯哥倫比亞，說：「我是眞心愛著子晴，我也有把握給她一輩子的幸福快樂，所以我捨棄尊嚴使用M晶片，幫我追回子晴。但是你不一樣，想一想你當初使用M晶片的初衷！你說你想要……」

前野擠弄眉毛，說：「我說我想要體驗戀愛的滋味，沒錯，這是一開始的目的。但是事情演變到後來，我發現M晶片根本不能帶來愛情，它只能帶來性。」

我大感憤怒，又灌了一杯哥倫比亞，說：「難道我跟子晴之間的不是眞感情？」

前野好像故意要惹我生氣，笑著說：「沒錯，一切都是假的。」

我冷冷地說：「那你自己呢？也是在玩假的？」

前野點點頭，說：「是。現在的我只是在玩弄女人而已，我只是在蒐集一夜情，我只是每個晚上在不同的女人身上射精而已。這些我自己清楚。至少我不像你一樣，被自己製造出來的假感情所欺瞞。」

我將最後一杯哥倫比亞喝掉，氣說：「你要這樣褻瀆M晶片那是你家的事，但是用M晶片，不代表就是在搞假感情，我對子晴的愛千眞萬確，我們是一起走過六年光陰的老情人！」

前野並沒有生氣，只是很有興味地看著我，說：「你的咖啡喝完了。」的確，於是我叫了另外十杯哥倫比亞。

「愛情，不是那樣談滴！」前野裝作很有哲思的樣子說。

「你根本沒談過戀愛，你怎麼知道什麼叫眞正的愛情？」我冷道。

「你說得不錯，我的確沒嚐過完整的愛情，也許有一天我會將M晶片丟掉，然後用心地談場完整的感情。但現在我中了性愛的毒，哈！我看還有好長一段時間，我才會放棄M晶片吧！」前野哈哈大笑。

前野不斷的自承錯誤，令我頗爲不解。

「那我問你，一個男人愛上另一個女人，於是開始追求那個女人，請問，那個男人的目的何在？」我說，又喝掉一杯咖啡。

「男人當然是想要那個女人愛上他。」前野很快地回答。

「這就對了。」我說：「既然讓對方愛上自己就是愛情的目的，那麼手段的使用就應擺在其次，M晶片不過是一種省時省力的幫手。不管是省力的捷徑，或是辛辛苦苦的追求，愛情的終點都是一樣的，讓對方愛上自己。」

「錯。」前野咬著巧克力脆片，說：「愛情不是這樣。」

「你該不會是想說，愛情的眞意是追求的過程？」我不屑地說：「這點我並不反對，但追求若是失敗，那豈不是落得一場空？」

前野沒有立刻回話，只是默默地咬著冰沙上的脆片。

我繼續說道：「愛情的眞意應該是好好照顧對方，而不是一味沉浸在追求的過程，若能夠好好珍惜對方，那麼追求時那種曖昧不明所帶來的快樂，其實是很次要的，那種不確定的感覺絕非完整的愛情。」

關於這方面我已想了很多。

「追求」要的是結果，而不是過程。

如果男人只是喜歡追求女人，那就未必是深愛著那女人，那男人喜歡的是自己在追求女人的過程中，那種發光發熱的感覺。換句話說，那男人喜歡的是自己。

眞正的愛情不該是這樣的。

應該是全心全意爲對方設想，捨棄有的沒的旁枝末節。

「既然結果都是讓對方愛上自己，我爲什麼不能使用M晶片？」我說。

「不能。如果你要的是愛情，不能。」前野說。

「爲什麼？」我有些怒意。

「因爲你從未給過子晴選擇的機會。」前野說。

剎那間，我愣住了。

「你如何肯定子晴這輩子最愛的人，應該是你？」前野微笑。

「因爲我跟子晴交往了六年，擁有的回憶太多太多，加上三年分離的相思苦，夠了！」我理直氣壯。

「那些日子，是用M晶片換來的嗎？」前野頗有深意地看著我。

我說不出話來，似乎，我感到有些不對勁。

「不是，是不是？」前野說：「那些回憶很美，因爲很眞實。」

「你想說什麼？一次說清楚吧。」我說，連續喝掉三杯酸酸的哥倫比亞。

前野看著我喝掉三杯咖啡後，說：「以前，我老以爲自己沒談過戀愛，所以想用M晶片幫我圓夢。結果我錯了，在那麼多次一夜情後，我發現自己早已品嚐過戀愛的滋味。」

「……」

「因爲我想起了，很久很久以前的滋味。」

「很久很久以前？」

「是暗戀。」前野頗有感觸地說：「原來，暗戀就是戀愛的前奏，雖然我始終沒能進入戀愛的共鳴，但暗戀的滋味已經很令我開心，畢竟那是我眞實的情感，即使我從來不敢踏出第一步。」

「這不是重點，反正，你就不是該動嘉玲的歪腦筋。」我說，試圖轉移話題。

爲什麼我想轉移話題？

我不允許自己好不容易爭取到的愛情，受到如此的質疑。

「但是我很色啊！」前野笑得像朵向日葵，簡潔地回答。

「但嘉玲是我們的工作夥伴！」我說，又喝掉一杯咖啡。

「我想戀愛，完整的戀愛，跨出暗戀，不需要M晶片的那種。」前野認真說完，又邪惡地笑著，說：「但是我也會用M晶片滿足我的慾望，性跟愛本來就可以分得一清二楚。況且，嘉玲那麼誘人是不是？TST裡每個人都很喜歡嘉玲，這讓我更有幹勁了。」

「你簡直是禽獸。」我怒氣勃發。

「至少我知道自己是禽獸。」前野嘻皮笑臉地說：「至少，我還對眞正的愛情有所期待。」

「去你的眞正愛情！」我怒不可抑。

總有一天，前野會遭到報應的。

前野慢慢站了起來，嘆了口氣說：「我走了，你慢慢喝咖啡吧，但是我要告訴你，我的朋友，我的共犯，這幾十年來的暗戀滋味，那種孤獨的感覺，比起一夜情過後的空虛，卻要溫暖得多。」

我向前野比了隻中指。

前野卻挑動雙眉，笑嘻嘻說：「今晚十點我要跟嘉玲去Fucker Pub，要不要一起來？3P一夜情可以改變你的人生觀喔！」

「Shame on you.」我說，看著前野摸著禿頭離去。

一想到嘉玲將要被前野玩弄，我心裡就很不舒服。甚至可說是相當憤怒。

哼！我絕不讓你的淫謀得逞！

Fucker Pub是吧？

好！我就去堵你，破壞你的淫計，讓你出糗！

27

到了晚上十點半，我開著紅光跑車到了Fucker Pub附近。

想必前野跟嘉玲已經在裡面不規不矩了，於是我打開Powerbook，迅速連結SONY商業衛星，偵測到兩片前野「H444.4444」系列的M晶片正反應著。

一片是前野眼鏡裡的M晶片，另一片顯然是嘉玲耳朵上的墜環。

「你的通訊程式破解沒我一半高明，看我在關鍵時刻癱瘓你的M晶片，讓你被嘉玲甩巴掌甩到死！」我恨恨地說，手指快速地在鍵盤上敲打著，逐漸破解一道道前野自行加密的通訊協定。

不過沒有想像中簡單。

當初是我幫前野暗鋪SONY衛星的祕密頻寬的，沒想到前野心機甚重，竟又自行設計了好幾道密碼鎖（雖然我自己加裝的密碼鎖更複雜），我也眞笨竟沒料到這點，沒先在家裡舒舒服服地破碼，害我臨時在車子裡想破腦袋。

直到十一點半，破碼的進度還是裹足不前，我正自嘆氣時，突然聽到一陣尖銳的喇叭聲，我搖下車窗往外看，竟是Ken騎著哈雷機車杵在一旁在跟我打招呼。

「你怎麼知道是我？」我打哈哈，一邊將電腦螢幕關掉。

「全台灣保時捷只有兩百零八台，漆得這麼醜的只有你這台。」

Ken很酷地說，一身的黑色皮衣。

「你去裡面喝酒？」我問。

「嗯，我剛剛打電話給嘉玲，她說她跟前野在裡面聊天。」Ken很快地說完，一臉的強自剛毅。

「好像吧。」我說。

「你不進去？」Ken問。

「我在等一個朋友，只是正好約在附近。」我笑著。

「嗯。」Ken掛上墨鏡，點頭跟我道別。

將哈雷亂停一通後，Ken就挺起胸膛走進Fucker Pub。

「笨蛋。」我看著Ken烏漆媽黑的背影，繼續埋頭苦幹。

十二點四十分。

「嗶！」電腦再度發出錯誤訊息。

「媽的！前野變聰明了！」我喃喃自語。

看著電腦上繁複的錯誤訊息，看來今晚想「安然」破解前野的密碼是辦不到了。

可恨，要我在今晚破解前野的密碼門是絕對辦得到的，但要破解得讓前野在事後查詢M晶片通訊記錄也看不出蛛絲馬跡的話，我恐怕需要三天的時間。

現階段我不能跟前野翻臉，畢竟我往後還需要他外科手術上的幫助，更重要的是，我也害怕前野任何報復的手段，萬一我跟子晴之間的愛情被擾亂就糟了。

「看來只好算了。Shit！」

我無力地癱在車位上，看著Fucker Pub金光閃爍的雷射招牌嘆息。

嘉玲，看來妳要靠妳自己的意志力，去對付邪惡的淫獸了。

經過兩個多小時跟密碼程式的纏鬥，我的腦袋有些發昏。

打電話給子晴吧？

這兩個多禮拜，我跟子晴已經玩了五次「老地方大富翁」，兩人的感情更加的堅定，我打算過幾天跟她再求婚一次。

當然，這次求婚的地點改在一個很棒的老地方，而不是陰氣逼人的活死人墓。

說打就打。

「子晴？是我。」我說：「要吃宵夜嗎？我正好開車在外面透透氣。」

「可是我有點想睡了耶。」子晴的聲音頗慵懶。

「喔，可是我很想妳耶……」我撒嬌著。

此時，Ken突然揹著嘉玲衝出Fucker Pub，我忙說：「那妳先睡吧，我突然想起實驗室還有點事，掰掰！」

我匆匆掛上電話，又看見前野神色驚惶地跟在Ken與嘉玲的背後，Ken不知在大聲嚷嚷著什麼，前野趕緊打開他那輛銀色Masserati的車門。

三人進了車，便急急地衝出。

「怎麼回事？」我趕緊發動跑車，按下儀表板的「Follow」鍵，幫助我以微波雷達快速鎖定他們的位置，偷偷跟在他們後面約兩百公尺處。

不料，我才剛跟蹤沒半分鐘，我的手機立刻響起。

我一看，竟是前野的來電。

不會吧？那麼快就被發現？我立刻打開車內的音樂，然後才收話。

「喂？」我小心翼翼地問。

「你快到實驗室！嘉玲出事了！」前野的聲音很急迫。

「出了什麼事？」我問，前野顯然不知道我跟在他車後兩百公尺。

「什麼實驗室！去榮總！！」是Ken的聲音。

Ken大吼著，聲音非常著急惶恐，嘉玲一定發生了什麼可怕的事。

「我就是醫學博士！去什麼榮總！」前野也大叫。

「到底要我去哪裡？！」我也頗著急。

「實驗室！」前野堅持。

「榮總！」Ken大叫，然後我就聽見一聲慘叫。

突然，前野的Maseerati跑車在馬路上緊急迴旋，立刻定在馬路中央，我的跑車立刻自動降速保持距離。

「怎麼了?誰在大叫?」我急問，看著前野的跑車隨即再度奔馳。

「喂?我Ken!你快到榮總急診處!我需要你的幫忙!」Ken的聲音很慌張，讓我緊張地透不過氣。

「剛剛是前野在叫?」我問。

「對!我把他打昏了，總之你快到榮總!不多說，到時會合!」Ken掛上電話。

既然知道是榮總，我就乾脆解除Follow狀態，從另一條遠路殺去榮總。

一路上，我心中都有個灰色的陰影。

難道說，M晶片的副作用終於產生了?嘉玲是受害者?

不會吧，至今爲止，悟空跟達爾都活得好好的，難道說M晶片的副作用有人跟猴的明顯差異?

想到這裡，我心都涼了。

萬一M晶片的副作用很可怕，那我就不能幫子晴動終生植片的手術了!

我不能對子晴這麼殘忍!

方向盤上都是手汗，我簡直心亂如痲，只能暗自祈禱M晶片的副作用不要太嚴重，或只是暫時的病態。我甚至希望嘉玲只是遭到流氓的槍擊，或是突然心臟衰竭昏倒，總之千萬別跟M晶片扯上關係就好了。

但我知道這可能性微乎其微，因爲前野昏倒前竭力主張去實驗室，而非榮民總醫院。很明白，嘉玲發生的事一定跟前野的胡來有關。

28

榮總。

「王八蛋！」我停了車，跑進急診部。

才剛剛要詢問值班護士，就遠遠看見Ken跟一名醫生正在走廊上講話，卻不見前野人影。

「現在怎麼了？」我大聲問道，跑了過去。

「先生請放心，王小姐已經由本院的神醫BJ診療中，你們在這裡等一下，順便幫我們聯絡王小姐的家人，若要緊急動手術還需要她家人的同意。」那醫生說。

「無論如何請盡全力，花多少錢都沒關係！」Ken急道。

我將Ken拉到一旁，忙問：「嘉玲到底？」

Ken深深吸了一口氣，顫抖地說：「我沒想到會這樣。」

我心驚，不會吧？！

Ken悔恨地說：「我盜用了M晶片，把它偷偷黏在嘉玲的髮簪上，這說來話長！總之都是我的錯！Damn it！嘉玲會弄成這樣都是我該死！」

連你也來參一腳！

我幾乎要大叫，Ken一拳重重地捶在牆上，萬分懊惱地說：「我只是想追嘉玲，沒想到M晶片對人體的傷害這麼大，跟那些猴子的情況根本不一樣！」

難怪這兩週Ken非常仔細地研究M晶片的構造圖、還特意貼近猴群，觀察牠們電腦數據外的健康情況，更難怪Ken每天都待在實驗室熬夜！

一定偷偷在做些什麼！

「我是眞的喜歡嘉玲啊！我只是不願意前野跟她在一起！」Ken一拳又一拳毆打著牆壁，沮喪地說：「但我眞是罪魁禍首！我一定是瘋了！」

「等等！」我忙問：「前野呢？」

「還在車上昏，帶著麻煩。」Ken說，眼淚快流出來了。

「我去把他叫起來，你去聯絡嘉玲的家人。」我交代後就跑到停車場，一下就找到前野的銀色跑車。

門沒鎖，剛剛來不及鎖吧？

我打開車門，搖醒還在昏睡的前野。

前野迷濛地睜開眼睛，一看是我，立刻嘆道：「副作用果然發生了。」

我氣道：「副作用個頭！你立刻跟我去急診室！」

終於，M晶片惹禍了。

29

我迅速地轉述Ken使用M晶片的事，前野聽得一愣一愣的，卻又不自覺露出微笑。那是一種狡獪的笑意。

「怎麼辦？依你的專業，嘉玲她？」我問。

「我怎麼知道？兩塊晶片同時影響了單一個腦波，這種實驗我們要到下個月才會對悟空跟達爾做，沒想到下場居然會是這樣不堪。」前野拿起手帕擦擦額上的冷汗，笑道：「幸好總算有Ken揹黑鍋，你沒跟他說我也用M晶片的事吧？」

總算有Ken揹黑鍋？

前野居然如此下格！

我怒道：「沒，但我一定會說！禍是你們一起惹出來的，你別想把責任全推給Ken一個人！」

前野拍著我的肩，被我用力甩開。

再怎麼說，Ken會使用M晶片，始作俑者還是前野對嘉玲無恥的舉動！

「幫個忙，否則Ken將事情都爆出來的話，我不得已只好將你也抖了出來。」前野看著臉紅的我，安慰道：「相信我，就算Ken一個人攬下這黑鍋，我也擔保他沒事，我們一起爲他守住這個祕密！」

我怒道：「小人！」

我心中的憤怒幾乎使視線燒了起來，這種要脅不僅無恥，簡直喪失人性！

前野歉然道：「對不起，我一定要自保。」

我很想給前野一拳，但一想到我那超越一切的愛情還需要前野「共同守密」與「手術植晶」的幫助，我只好忍住憤怒，將皮包拿了出來。

「怎麼？」前野問。

「這是子晴的照片。」我拿出一張子晴跟我的合照，將它塞進前野上衣的口袋裡，說：「以後如果你還要用M晶片玩你那噁心的一夜情的話，記得把照片拿起來看一看，看仔細一點，別毀了我的女人！」

前野悻悻地點頭，跟我走進急診部。

急診室前，Ken依舊懊喪地坐在牆角，拿著自製的粗陋M晶片控制器發呆。

「彥翔都跟我說了。」前野走了過去，蹲在Ken的旁邊，左手搭在Ken的肩上輕拍著。

「我是頭豬。」Ken流下眼淚，抓著前野的手說：「對不起，我是因爲嫉妒你才會……」

「算了算了。」前野嘆口氣，說：「事情都已經發生了，與其恨你，不如跟你一起想辦法救救嘉玲。這麼好的一個女孩子，如果就這麼毀掉，我們都要抱憾一輩子。」

這時，急診室的門打開了。

傳說中的神醫BJ領著急救小組慢步走出，我們趕緊圍上去詢問嘉玲的狀況。

「王小姐沒事吧？我已經通知她的家人！隨時都可以開刀！」Ken緊張地問。

「身體應當沒什麼大礙，只是短暫的昏厥。」BJ解下口罩，沉吟道：「但很奇怪的是，她的生理狀態表面上都很正常，但剛剛在診療的過程中卻發生了八次瞳孔急速放大，心跳、血壓遽增的狀況，甚至還會大小便失禁，我猜想王小姐可能受到很大的驚嚇，心理上暫時無法克服。不過已經沒有生命危險了，你們可以放心。等一下王小姐就可以轉入一般的病房觀察，等到王小姐清醒後在做進一步的診療。」

我們謝過神醫BJ，跟著嘉玲來到一般病房，三個人圍著熟睡的嘉玲祈禱。

「感謝上帝，嘉玲只是昏了過去。」我說，卻看見前野臉上流露出不安的神色。

「我發誓以後再也不用這個東西了。」Ken看著晶片遙控器，作勢要將它砸毀在病房牆上，卻被前野攔了下來，說：「且慢，或許還要用到這東西。」

「啊～～～」此時，嘉玲突然睜開眼睛，厲聲尖叫。

「我去叫醫生！」我說，前野鎮定地抓著我，冷靜地說：「不要慌，我可是頂尖的醫學博士，我們先仔細觀察嘉玲的病症。Ken，看看控制器上的腦波數據。」

「嘉玲的腦波一直在亂跳！」Ken近乎慘叫。

「怎麼個跳法？」前野問，看著嘉玲鼻涕跟淚水在她俏麗的臉上亂爬，而嘉玲的血壓直線上升，雙眼淒厲地看著天花板，嘴巴張大狂叫。

「一下子靠近H444，一下子靠近H893，大概在這兩個數據範圍內亂跳！」Ken慘然說道。

H444很接近前野的腦波，而H893顯然是Ken的腦波。

「咚！」嘉玲吐完白沫後，立刻倒在床上回復熟睡。

我拿著一堆紙巾幫嘉玲的臉擦乾淨。

「都是我害了嘉玲！」Ken已經跳入前野設計的「加害者的悔恨無窮迴圈」裡。

「還有沒有M晶片？幫我測試我的腦波數據。」前野假裝不知道自己的腦波能量。

Ken從皮衣裡拿出一個小黏塊遞給前野，前野將黏塊黏在額頭上，一邊問道：「你是怎麼將晶片運出實驗室的？怎麼通過電梯裡的強磁門？」

Ken一邊操縱著控制器，一邊擦著眼淚說：「在史丹福時有個學長畢業論文研究一種特殊金屬塗料，若把它漆在盒子外面，可以防止電磁波或目前已知的磁力強度干擾。我當時背著所有人，將金屬塗料偷偷完成，還把配方祕密賣給NASA，當然，我自己還留了不少。」

乖乖不得了，SONY的保密措施防得了一般人，卻對我們這些天才一點用處也沒，通行強磁門好像有用不完的方法。

Ken抬起頭來，歉然看著前野：「你的腦波是H444.4444，原來嘉玲的腦波一直在我們的腦波區間裡橫衝直撞。」

前野嘆然：「你用M晶片介入我跟嘉玲的感情，想硬生生阻斷我跟嘉玲的腦波聯繫，但嘉玲又深愛著我，所以嘉玲的潛意識才會在我們的腦波中不斷被拉扯，因此嘉玲才會這麼痛苦。」

去你的「嘉玲深愛著我」！

Ken的眼淚再度奪眶而出，說：「我對不起你跟嘉玲！」摀臉痛哭失聲。

前野溫言安慰：「雖然我心裡又恨又惱，但這完全無濟於事。總之，這件事我們誰都不能說，因爲說了也沒用。」

Ken搖搖頭，說：「我要去警察局自首，我要讓他們槍斃我贖罪。」

前野嚴肅地說：「贖罪？你去自首就可以讓嘉玲康復？法官跟警察可以讓嘉

玲完好如初？不能！我們才是權威！依我看，嘉玲很可能會神智不清地躺在床上一輩子。你想就這樣丟下嘉玲，把自己藏在監獄裡就能洗脫你的罪惡感？」

Ken無神無識地問：「那我該怎麼辦？」

前野大聲說道：「既然是M晶片惹的禍，我也有責任。我們要全心全力研究腦波能量的奧祕，讓嘉玲早日從痛苦中清醒過來，這才是你應該做的事！」

Ken跪倒在地上，扶著病床的欄杆，無神地聽著前野的「忠言」。

我呢？

打開門，我轉身就走。

前野的鬼話我實在聽不下去，寧願在走廊上聽皮鞋踢在光滑地板上的聲音。

我一邊踢著，一邊隨著踢踏聲響流淚。

踢踏聲的節奏擁有某種魔力，我的眼淚落個不停。

現在回想起來，嘉玲因為M晶片喪失神智，似乎傳達著某種訊息，只可惜當時踢踏聲的節奏並未告訴我這訊息是什麼。

至於陷入無盡昏睡與瘋狂的嘉玲要在病床上躺多久，我並不知道。

我只能陪著 Ken 一起等待，等待另一個奇蹟。

30

隔天，嘉玲的慘事震驚了SONY高層，畢竟嘉玲可是M晶片的特級研究員，她腦中每一個實驗細節與晶片模組架構，都可說是SONY公司最珍貴的資產。

SONY公司當然希望嘉玲能夠好轉，同時也希望嘉玲在意識模糊時不要洩漏出公司的機密，於是特派了一個醫療小組在醫院專事照顧嘉玲。

我們三人合力推說嘉玲工作太過投入，再加上跟控制腦波的高危險元件長期接觸等不知名原因，所以產生了如此不幸的副作用，於是我們懇請SONY公司在晶片的研究設計上，提前展開風險防範與M晶片醫療的實驗進程。

當然，Ken義不容辭地擔任此一療程的設計者，率領三個TST的新成員，德大寺、Cigar、清文，展開M晶片的醫療實驗。

一天一天過了，嘉玲依舊活在惡夢中，她的可愛模樣卻未曾離開TST的實驗室。她彷彿仍穿著白色實驗服，拿著香蕉趴在大玻璃前逗弄悟空；她彷彿還在實驗室裡跟在埃及認識的男友講跨國衛星電話，惹得大家恨不得痛打那個幸運兒一頓。

TST裡的每雙眼睛，無時無刻都被她吸引著。總是這樣的。

嘉玲瘋狂的祕密反覆折騰前野、我，還有自以爲兇手的Ken。

每夜Ken都窩在實驗室裡抓著腦袋，拼命想掏開自己的腦子，從他那智商高達二一○的腦袋裡製造奇蹟。

你問我Ken將創造出什麼奇蹟？

「我決定要改良M晶片，不，我要創造出另一種晶片。」Ken信誓旦旦地說，在病床旁抓著嘉玲的手。

「什麼樣的晶片？」我問。

每週我總要陪Ken來醫院一趟，他說他無法一個人面對嘉玲。

「嘉玲的腦波東跳西竄，代表她的潛意識很不穩定，所以我需要一塊能夠洗去她所有痛苦的超級M晶片。」Ken說，幫嘉玲整理捲捲的頭髮。

「什麼意思?」

「我要一切歸零，一切重新開始。嘉玲的腦波會像嬰兒一樣新，她的記憶也會全部消失，這樣她的痛苦就會停止了。」**Ken** 冷靜地說著。

Ken 的冷靜讓我寒毛直豎。

「你要把嘉玲的腦袋重新格式化?」我的眉頭緊皺。

「是。」**Ken** 沮喪地看著嘉玲，說：「不管她變成什麼樣子，我都會好好照顧她，總之她不能再這樣痛苦下去了。」

嘉玲突然睜大眼睛，尖叫著我們無法理解的語言，她的手抓得 **Ken** 的指骨吱吱作響，好像在悲鳴自己的命運。

「我了解。」我嘆了口氣。

SONY 的醫療小組跟 **BJ** 神醫評估，要是嘉玲持續這樣的精神崩潰狀態，她或許只有十年可活。要是 **Ken** 及時搞出一塊具有暴力格式化腦波功能的晶片，或許能救嘉玲一命，讓嘉玲的人生重新開始。

偉大發明的錯誤，總是需要更偉大的發明來彌補。

「人活著，總會有希望。」我說，安慰著 **Ken**。

31

將鏡頭拉到這個故事的主軸，我偉大、真摯的愛情上，也許大家看得會開心一些。

在嘉玲的悲劇發生後，我體驗到M晶片可怕的魔力，它徹底摧毀了嘉玲的心智。一度我很難相信，發明這東西我也有一份。

同時，嘉玲的悲劇在我心裡埋下一個隱憂。

可以想見不久的將來，SONY許多電器產品都將有M晶片祕密裝在裡面，向億萬消費者傳達「正確」的訊息。

在接收到這些「正確訊息」後，SONY全系列上千種產品的銷售量肯定暴增，結果就像循環滾雪球一樣，我們的生活將瀰漫在無數的電波訊息中。

我深怕，這樣電波來電波去的世界，會嚴重干擾戴在子晴身上的M晶片，我跟子晴的戀愛頻道會支離破碎。

我深怕，我的愛情將會在那樣的世界裡被摧毀。

所以，我以為了測試M晶片的安全性為由，強烈要求SONY總部執行M晶片真正的人體實驗。我不只要確信M晶片的人體外有多安全，我還要確信M晶片待在子晴的腦袋裡一點危險也沒有。

就在一個月後，SONY總部給了宗昇一堆前往阿富汗的機票，帶著為數十二人的新團隊，前往阿富汗的祕密基地進行「儘量人道」的M晶片人體實驗。

宗昇說SONY已經買下一百名當地的死囚與戰犯，隨意供他們實驗。殘忍，但卻是必要之惡。這個研究結果或許可以用來規訓惡劣的犯人，使罪犯洗心革面，重新回到社會，這對社會整體是極有意義的。

此後我跟前野每天都收到宗昇E-mail給我們的實驗記錄，兩人經常研究到深夜。宗昇的實驗結果顯示人體對M晶片的承載力很高，這都虧晶片所發出的能量很低頻很安全。這可是個好消息。

當然，這些日子我是忙得昏天暗地的，但子晴頗能體諒我工作的辛苦，唯一不同的是，我絕不願再以任何工作繁忙的理由跟心愛的人分手。

這次我很清楚，我之所以如此勞心勞形，都是爲了「永遠的戀愛頻道」，爲了我跟子晴長久的未來。

你問我什麼是「永遠的戀愛頻道」？

或許你會認爲我瘋了。

「你瘋了。」

前野用手指沾了沾杯裡的咖啡，舔了舔指尖。

「你好髒。」

我說，將眼前的哥倫比亞一飲而盡。

「我只是好色而已，而你才是徹頭徹尾的瘋子。」前野不可置信地看著我，用手指沾了一點糖。

「你不幫我，我就把事情的眞相告訴 Ken，他會做出什麼事誰也不知道。」我笑道。

「要我幫你無妨，我早就有替子晴開刀的心理準備了，但……」前野疑惑地看著我說：「你眞的要把M晶片的自動鎖定系統，一併放入你跟子晴的腦袋裡？」

「這樣才能保證我的愛情不受到任何污染。」我認眞地說。

「但連你自己的腦袋也要放進晶片？你眞是瘋了！」前野竊笑道：「你不怕我一失手，你就一命嗚呼了？」

「這樣做才公平，我要跟子晴冒一樣的風險。」我說：「如果你要來個失手或什麼的也由你。我會準備一份很特別的遺囑，發給新聞界揭露M晶片的一切。」

「哈。」前野乾笑著。

M晶片自動鎖定系統的功能很簡單、也很強大，就是讓子晴的腦波永遠都「對準」我的腦波進行調整，不受到任何其他M晶片的干擾，未來商業用的M晶片在這個世界每個角落默默播送SONY的消費訊息時，子晴的腦波依舊只針對我一人進行調整，如此，我們的戀愛頻道才能純淨無污染。

也唯有如此才能杜絕兩種以上的迴異訊息對腦波的傷害，不致踏上嘉玲的後塵。

這件事我已經想清楚了，當時我以爲這就是「嘉玲事件」給我的啓示。

此外，我只要將M晶片稍做改良，加入「岳飛」最新的發明「腦細胞能量載具」，我跟子晴就不用每年動一次手術換「電池」了。

這裡要說明兩件事，第一、岳飛是個熱愛刺青的好漢，他用廣告顏料在自己身上塗塗抹抹，花花草草、飛禽走獸、顏柳歐陽，全在他的身上形成混雜的塗鴉，唯一可以清晰辨識的，則是岳飛背上「精忠報國」四大字。

岳飛爲了展示他身上的刺青，總是在實驗室裡一絲不掛地遛鳥。

而「腦細胞能量載具」，則是一種可以利用腦細胞活動的能量作爲任何微型裝置的能源，如此一來，M晶片的自動鎖定系統就不必像耳環裡的M晶片一樣，還需要一顆小型的電池（電量大約只可以支撐一年）。我跟子晴終生都可以依靠腦細胞的能量自行供給M晶片的能源。

這個研究成果已經用於猿猴身上很久了。

「你確定要執行這麼危險的計畫？」前野還是不能理解。

「要是晶片出了什麼差錯，我隨時可以用電腦連結衛星，馬上就能終止M晶片對腦波的調整，唯一的危險，哈，在於你的技術。」我自信滿滿。

「那就交給我吧，包準神不知鬼不覺的。」前野也很有自信。

於是，我需要「精密的計畫」。

32

我必須再三強調，我要的可不是「冒險」。

「冒險」意味著高風險，意味著我所說的故事有個恐怖的結局。

所以，我要的是再三排練、反覆思量的縝密計畫。

我要「永遠的戀愛頻道」長駐在我跟子晴之間，讓這個故事有個美麗的結局。

大人看了會哭、小孩看了會笑、戀人看了會羨慕、怨偶看了會嫉妒的美麗故事。

□

「喂？是我，睡了嗎？」我說。

「下班了嗎？不可能吧！」子晴的聲音蠻高興。

「猜對囉，今天實驗特別順利，明天可以睡晚一點囉。要不要一起吃宵夜啊？」我笑笑，時間：凌晨一點零七分。

「好啊好啊！我要吃臭豆腐！」子晴樂得大叫。

「那我去接妳囉？我到妳家樓下的時候再打一通電話給妳，今晚吃過宵夜就睡我那邊吧？」我笑說，看著遙控器上顯示子晴正戴著M晶片。

「嗯嗯嗯！掰掰！」子晴高興地掛上電話。

十五分鐘後，我準時開著紅光跑車來到子晴家樓下，載著她沿著中港路慢慢開車。

子晴將窗戶降到一半，吹著晚風，兩人有一搭沒一搭地聊著。

「妳覺得這個世界有沒有永恆的愛情？」我瞥眼看著正在把玩頭髮的子晴。

「那要看擁有愛情的兩個人活多久呀。」子晴笑著。

「妳說得對，要能活到永恆，才會有永恆的愛情。」我也笑了：「活得越久賺到的愛情越多！」

子晴哈哈笑，又搖搖頭說：「才不是這樣呢！」

我說：「不然？Everlasting Melody。」

車內自動響起「新好弟弟」的新單曲。

「正好相反。」子晴若有所思地看著窗外，說：「如果相愛的兩個人，只有幾十年的光陰好活，那麼他們之間的愛情……很可能是永恆的。」

我哼著歌，笑笑：「妳對『永恆』的定義很奇怪。」

子晴隨著音樂輕擺身體，說：「才不是。是不是『永恆』，要看愛情在生命中佔了多少份量，如果相愛的兩人共享了一生的愛情，愛情就是永恆的，如果無法一輩子廝守，愛情就無法永恆……雖然說，沒有永恆的愛情未必就不好。」

「喔？」我看著車窗外，外面似乎下起了絲絲細雨。

「要我關窗戶嗎？」子晴閉上眼睛。

「不必。妳小心別感冒就好。」

「我以前看過一本舊小說，叫《換身殺手》，裡面的故事背景是一個長生不老的世界，在那個世界裡，愛情的永恆是根本無法存在的可怕事物，想一想，要長生不死的兩人相視幾百年，還眞是件很恐怖的事。」

「唔……」

「所以那世界的情人在一同度過好幾十年後，都會因各種原因而分手。」

「那是他們的愛情禁不起時間的考驗，要是我，絕對有把握愛妳千年。」我微笑。

「那一萬年呢？」子晴問道，眼睛緩緩睜開。

「難道妳沒有信心？」我笑著。

「不是沒信心，而是……你就算能愛我一萬年，我卻沒有相同的把握。」子晴幽幽道。

我注意到子晴的髮上，並沒有戴上我送給她的M晶片飾品或耳環，而是一只陌生的粉紅色耳環。

「喔？」我應道。

果然，沒有了M晶片，子晴對我的感情總是不夠堅定。

不過沒關係，這問題很快就解決了。

「一千年、一萬年那麼長的時間，我們之間一定擁有好多好多故事，也一定擁有好多好多的老地方，或許光是想走完一遍老地方大地圖就要花上好幾個小時吧。所以我一定會很愛很愛你，但是……」

「但是什麼？」我聚精會神。

「我們之間可能會有厭倦的感覺而不得不分手。」子晴玩著頭髮，淡淡地說：「永恆的愛情，只有在有限的生命裡才能呼吸，永恆的生命卻培養不了永恆的愛情。」

「還好我們的生命蠻有限的。」我勉強笑道。

「緊張什麼？這輩子我愛透你了。」子晴吃吃笑道，突然往我的脖子上一吻。

「我也一樣。」我感激說道。

子晴，妳放心，我會努力捍衛我倆的愛情，一生一世。

我瞥眼看著儀表板的時間。

一點四十二分。我放慢車速。

「今天怎麼開得這麼慢？」子晴看著車外的細雨。

「下雨啊。」我說。

差不多了。

「停車停車！」子晴猛然大叫：「有車禍！兩個人倒在路邊！」

「喔？」我緊皺眉頭，子晴果然很有愛心。

我踩了煞車，將車停在路邊，跟子晴淋著細雨，往後跑到倒下的摩托車旁，只見兩名騎士一坐一臥，沒有動彈或呻吟。

子晴一蹲下探視，摩托車上戴著全罩安全帽的兩名騎士立刻一躍而起，伸手想抓住子晴。子晴一驚，往後跌倒逃開。

我大叫：「是假車禍！」

我一拳揮向其中一名騎士，卻被騎士輕鬆躲開，反被小球棒揍倒在地。

子晴看著倒在地上的我想尖叫，卻慢慢軟倒，眼神迷離地昏睡。

另一名騎士的手上，拿著沾有強烈麻醉劑的溼布。

雨突然變得很大，打在我的臉上，隱隱作痛。

我扶起昏倒的子晴，從口袋掏出一疊鈔票遞給兩名騎士。

騎士很快審視了鈔票，將溼布交給我後，便匆匆騎車飛去。

一秒不差，一輛巨大的黑色廂型車緩緩從後方出現，車門彈起。

一個熟悉的人影撐著雨傘走下。

是前野。

「你只有兩個小時。」我抱著子晴，努力使自己鎮定。

但我發覺自己的手不停顫抖。

「夠了。」前野指了指車廂。

車廂裡坐了兩個表情陰鬱的男子。

一個穿著黑色披風，大波浪的鬈髮。另一個刺刺的黑髮中突兀地冒出一叢白髮，遮住其中一隻眼睛。臉上掛著一條顯眼的疤痕，也是一身黑。

這兩人都是前野向某日本黑道大哥租借的黑市醫生，他們的技術比一般的住院醫生高超太多，拿的酬勞更是一般醫生的數倍。

兩個，都是傳奇。

我坐進車裡，將子晴輕輕放在一旁，拿起痲醉溼布沉思。

「沒問題的，他們的技術凌駕在我之上。」前野看了看子晴，說：「本人比照片漂亮好多，果然值得你費盡心思。」

「拜託你了。」我拿起溼布深深一吸。

眼前慢慢蒼白。

33

「怎麼?好點了嗎?」

迷迷糊糊中，我聽到前野的聲音。

我嘗試睜開眼睛，但疲倦的感覺吊在眼皮上，只看見幾個人影在四周晃來晃去。

「別急，你現在已經在醫院，安全了。」前野的聲音也很疲倦。

是啊，安全了。

但我頭眞暈，也不曉得手術是否一帆風順。

「子晴她?」我的心懸在子晴身上。

「別擔心，子晴沒事。」前野困倦地說：「劫匪還沒抓到，不過警察已經在調查了。」

「嗯。」我放心閉上眼睛。子晴沒事就好。

之後的兩天兩夜，我都在無數個夢境中度過。

有時我會因輕微的頭痛暫時醒轉，隨即又在迷亂的睡意中沉沉墜入虛無。

有時我會在夢中看著腦袋裡的M晶片思考，我站在巨大的鏡子前，仔細研究精準包覆在腦細胞裡的生冷異物，看著它，也看著自己。

有時我會看見子晴。

子晴披戴著白紗、捧著鮮紅玫瑰輕輕笑著。

她坐在白色小教堂前鋪滿粉紅花瓣的小徑上，閃亮的細長眼睛好美麗，在清澈皎藍的天空下娓娓向我訴說她的情意。

我坐在開滿小黃花的草地上，好開心地聽著。

這是個美夢，是個好兆頭。

所以我讓這個夢重複了好幾次。

34

「彥翔？你好一點了嗎？」

我用力睜開眼睛。我知道是子晴在呼喚我。

子晴站在我身邊，握住我的手用力搓揉著。

她的頭上還包著白色的紗布。

顯然子晴康復的速度比我快多了，前野跟他的密醫們應當照我的安排，花了較多的時間在子晴的手術上，對我只是胡亂把M晶片插進腦袋裡。好樣的。

「妳還好吧？」我關切地問。

「嗯，已經都不痛了。」子晴歉然地說：「對不起，要不是我叫你停車，你就不會躺在這裡了。」

「哈！」我笑道：「只要妳沒事就好了。」

「幸好有人正好經過，不然我們不知道要在大雨裡睡多久。」子晴憐惜地看著我：「那兩個壞蛋把我們敲昏了，把我們拖到路邊的陰暗處，連巡邏的警車都沒發現我們。」

嗯，那個在大雨中「碰巧經過」的路人，可是收了我不少錢的臨時演員，當然要仔細發現我們。

「那兩個壞蛋抓到了嗎？」我問。

「沒有。」子晴恨恨地說。

「他們一棒敲暈我，倒給了我不少天的假期。」我打了個哈欠。

「對不起啦！」子晴嘟著嘴。

「沒關係的，反正工作太累了，正好休息一下，公司有派人來看我嗎？」我問，努力坐了起來。

「有兩個叫前野跟宗昇的來看過，還有一個很奇怪的人也來看過。」子晴扶著我走下床：「下來走一走吧。」

我好奇地問：「什麼奇怪的人？」

子晴噗哧一聲笑了出來，說：「他說他叫Tiger，他全身用黃色跟黑色的顏料把自己畫成一頭老虎，手腳並用，一絲不掛地在醫院裡走來走去，不過他好像蠻關心你的喔！」

「哈哈哈哈哈哈哈……他是個很聰明的怪人，扮什麼像什麼，扮生物學家的時候比宗昇還懂生物、扮電機工程師的時候比嘉玲懂電子、扮程式設計師時比我還會破解密碼，簡直是天才。至於他本名叫什麼，恐怕只有他爸媽知道而已。」

我慢慢走著，摸摸頭上的紗布。

頭幾乎不疼了。

按照計畫，前野在爲我跟子晴植入晶片後，會在我們的頭上製造一些受到敲擊的外傷以掩飾手術的小傷口。

前野跟密醫的技術眞是一級棒，完全騙過了榮總的醫生。

「妳的頭眞的都不疼了？」我親了子晴一下。

「眞的啦，我還比你早兩天起床呢。」子晴牽著我，陪我走到走廊上的窗口旁。

「那我到底躺了幾天啊？車子被壞蛋幹走了嗎？」我問，心中盤算著何時要啓動M晶片。

「你躺了一星期了！」子晴憐惜地摸著我頭上的紗布，說：「至於你那台貴死人的跑車倒沒被搶走，眞是怪賊。」

「是嗎？眞幸運。」我笑著。

陽光灑在子晴的臉上，雖然子晴未施脂粉，但她素雅的臉蛋迷人依舊。

等到紗布拆下、傷口癒合，M晶片大概也在腦內安安穩穩地鑲著。

那時我就可以啓動M晶片，向子晴求婚了。

35

我得好好感謝前野，無論他怎麼濫用M晶片，無論他是怎樣的好色與噁心，他都算我的恩人，因此我在出院後當晚立刻請前野好好大吃一頓，並付清前野請來的黑市密醫費用。

那眞是令人咋舌的超高金額！

「眞是太貴了！」我在支票上簽名，遞給前野，說：「你請的那兩個密醫眞是太黑了！」

前野失笑道：「他們大有來頭，收這點錢算是公定價而已，我可沒從中抽成。」

「知道。」我剝著龍蝦殼。

「喏，這是新的遙控器。」前野把遙控器拿給我，說：「至於筆記型電腦中的衛星設定就自己設一設吧，你比我行。」

「嗯，謝了。」我大口吃著龍蝦肉：「話說回來，雖然收費貴是貴了不少，不過他們的技術眞好，比起宗昇的醫療團隊不遑多讓。」

「那是當然，不過要是出現頭痛或任何不舒服的症狀，你知道該怎麼做。」前野切著牛排，說：「不要害我變成殺人兇手。」

「知道知道，我也不可能讓子晴痛苦。」我嚴肅地說：「一有萬一，我會關掉晶片跟衛星的連線。」

「那就好。」前野擦擦嘴，起身就要離開。

「這麼快就要走？」我疑惑，前野不過才吃了幾口。

「我前幾天在酒吧遇到一個剛出道的小明星，我跟她等會還有個約，哈！」前野嘻皮笑臉說：「再說，我也不敢跟你這個瘋子相處太久，我怕我自己會被傳染偏執。」

「哪一個小明星啊？」我問，看著前野走到門口。

「稀世大奶寶，蔡大奶！」前野自信地笑著，走出餐廳。

「誰啊？」我喃喃自語，研究著手上的新遙控器。

36

當晚我將電腦與衛星之間的通訊協定重新設定，按下了腦內M晶片的啓動鍵。

唯一跟以往不同的地方，就是這次子晴腦內的晶片的「自動鎖定裝置」也被啓動了，這樣一來，子晴跟我之間的戀愛頻道永遠都是處於開啓的狀態，無論在什麼情況下，子晴腦內的M晶片都會透過衛星搜尋我的腦波、跟隨我的腦波進行調整。

多虧了M晶片無眠無休的神助，往後的三個月，我跟子晴幾乎處於半同居狀態，我們的感情更形堅固，求婚的時機應當成熟了。

爲了避免重蹈上次在活死人墓裡奢華卻無謂的「求婚典禮」，我早已思量好樸實溫馨的老地方，永豐旅社，一間再平凡不過的老旅社。

那是我跟子晴還是大學生時，夏天在租屋處沒有冷氣燥熱難當，我跟子晴每個月總會存點小錢，去永豐旅社好好住它一整天，從中午十二點，住到隔天中午十二點，一點時間都不浪費。這就是窮人的浪漫，也是子晴難以招架的回憶力量。

那天，我跟子晴分別向兩人的公司請了兩天假期，我買了一盒雞肉飯、一盒魯肉飯，再加上一顆兩人共享的香滷蛋，帶著子晴住進這間令人懷念的老旅社。兩人趴在熟悉的 310 室小小的床上，一起享用簡單又便宜的老口味。子晴很開心，很開心，我看著她將我下巴上的飯粒輕輕吻走，心中有種說不出的寧靜感，時間彷彿又回到好久以前。

那時，我的銀行戶頭裡從沒超過五千塊，卻擁有世界上最富足的生活。而現在，我共計十八個銀行戶頭裡的現款，加上股票、基金、不動產，總共有將近八百萬美金，卻遠遠不及我此刻寧靜的幸福。

「謝謝你。」子晴用筷子將滷蛋切成兩半，將大些的那一半放在我的雞肉便當裡。

「我買下這間 310 室，除非這間旅館被拆掉，否則這裡永永遠遠都是屬於我們的。」我愉快地說。

「爲什麼要買下來?」子情一臉驚訝，好像覺得我太愛砸錢。

「因爲這裡不只是我們的老地方，也是我們的新地方。」我笑著，從上衣口袋裡拿出一只璀璨的鑽戒，說:「要是以後有人躺在我向妳求婚的床上，那不是很嘔嗎?嫁給我吧!」

子晴一愣，臉上頓時綻放出不可思議的笑靨。

她撲在我的懷裡，用我聽過最美麗的聲音，說出我期待了幾百世紀的三個字。

「我願意。」

37

沒有漫天飛舞的雪白喜鵲。
沒有華麗飛揚的動人音樂。
只有兩個便當，一個滷蛋，一枚戒指。
還有，我最愛的新娘子。
這就是我的愛情。

□

白色的大教堂前，白色的籬笆，碧草如茵、小黃花盛開的園圃。
就跟夢裡諭示的一樣，這裡是我跟子晴互許終生的神聖地方。

今天，是個好天氣，和煦的陽光柔柔地按摩著每一個前來道賀的賓客，簡單卻裝飾溫馨的雞尾酒宴席設在大草地上，佳餚美酒供賓客隨意取用。

我跟子晴雙方的父母忙著跟一堆我無法辨認的親戚寒暄，而爲數眾多的博士班、碩士班、大學、高中、國中同學在露天宴席間往來穿梭，紛紛拉著我跟子晴一起拍照，閃光燈從未停過。

「眞有你的！想不到子晴最後還是嫁給了你！」

韶竑架好相機，招來十多個大學同學一起合照。在大學時，子晴可是我們投票選出的系花！大家投以又妒又恨的眼神，這比起讚美我跟子晴的婚姻更加實惠。

「新娘子可不可以借我們親一下啊！」前野也笑嘻嘻地跑來湊熱鬧。

「去你的！」我佯裝生氣，拉著這個大恩人照了一張相。

「恭喜你了！新娘子眞漂亮！」宗昇遠從阿富汗請假飛回來，舉杯向我致意。

「謝啦！」我牽著子晴的手一同向宗昇敬酒，子晴笑得合不攏嘴。

「Hi！我來遲了！」遠方一聲大叫，所有賓客往聲音的來源一瞧，登時轟然大笑。

原來是 Sharkman，他穿著灰白色的緊身橡皮衣，背上還插著軟塑膠魚鰭，一蹦一跳地從貨車上摔了下來，滑稽的模樣立刻搶走我跟子晴的風采。

我不怪他。他在脖子上綁了一條紅色的領帶，可見他對婚禮的重視，不愧是跟我共事多年的好友。

「鯊魚人，快來合照！照片一定很精彩啊！」前野吆喝著，拉著 Sharkman。

前野的個性比以前開朗太多太多，這也是M晶片的恩澤。

婚禮上唯一M晶片的受害者，Ken，依舊穿著一身的黑，但已別上紅色的領結表示祝福。Ken 一個人失魂落魄地坐在草地上噴水池邊，看著我從未見過的親戚小孩玩水。

我不忍心久視 Ken 兩眼呆滯的模樣，於是叫前野走過去邀他一起拍照。

Ken 傻氣地點頭，像個木乃伊一樣站在我身邊拍了幾張靈異照片。

我看了看錶，黃曆所說的良辰吉時還有半小時就到了，而牧師也已穿戴整齊在合唱團前走來走去。

其實我也不信教，只是覺得辦一場高雅的西式婚禮比較浪漫。子晴在陽光下一身雪白更形美豔動人，一定能留下很甜美的回憶。所以我既看黃曆，又請牧師。

還有點時間，我跟子晴偷閒在草地上坐著，兩人含情脈脈地握住對方的手。許多賓客一邊聊天，一邊偷偷瞧著我倆情意綿綿的模樣，不禁莞爾。

「以後我們生的兒子，就叫賴帳，如何？威風吧！」我說，子晴哈哈大笑。

「不如叫賴皮，還比較可愛一點。」子晴說，笑得眼睛瞇成一條線。

「喔！就這麼說定了！生男的就叫賴帳，女的就叫賴皮，包準他們從小就是學校裡的開心果，人緣一定特好。」我大笑。

子晴拼命點頭，兩人勾勾手。

「還記得你跟我告白，要我當你的女朋友時，也是在草地上喔？」子晴說著，將頭輕靠在我肩上。

「嗯，我還拜託學弟妹們幫我在旁邊鼓掌，給我勇氣。」我笑著。

「當初我其實是不想答應的，只是怕你在那麼多人面前難堪，所以只好點點頭囉，沒想到這麼一答應，就變成你的老婆了。」子晴用手指輕戳我的肚子。

「哈哈哈！那等一下牧師問妳要不要嫁給我時，我是不是也要拜託大家鼓掌啊？」我大笑，子晴也跟著笑了。

「去地中海度蜜月回來後，你就要乖乖減肥知不知道？」子晴摸著我的肚子。

雖然我已經努力減掉不少贅肉，但離身輕體盈還有一大段路要走。

「好啦！我還要愛妳一千年一萬年，當然要健健康康的。」我說。

手錶的鬧鈴也正好響了。

良辰吉時，我們站了起來。

子晴慢慢走向她爸爸，接過一束紅色的玫瑰花，遠遠向我點頭微笑。

我笑嘻嘻地任由洛晴挽住，塞了一個大紅包在洛晴手中，洛晴紅著眼說：

「你一定要好好照顧我姊姊喔！」

「那是當然。」我自信滿滿。

婚禮的鐘聲隆重地響起。

所有人停止交頭接耳，將注意力集中在鋪滿粉紅色花瓣的草地走道上。

子晴由她爸爸牽著，頭低低的走到牧師前。我則牽著洛晴，意氣風發踏步向前。牧師和藹地拿著我從未翻過的聖經，在陽光下以感性的語氣朗誦著他至爲拿手的祝福語。

陽光下的一切，都是金光閃閃，充滿了希望。

管風琴聲溫暖地泡在微風中，淡淡的聖歌呢喃著。

子晴的手緊緊握住她高大的父親，我忍不住深深吸了一口氣。

這一刻，終於來了。

「賴彥翔，你願意娶蔡子晴小姐爲妻，無論是順境或逆境、富有還是貧窮、健康還是病痛，一生一世都能愛她、照顧她、尊重她嗎？」牧師富有磁性的聲嗓。

這還用得著問？

我彷彿等了好幾百年。

「我願意。」我大聲答道，堅定沒有猶豫。

牧師微笑，看著子晴說：「蔡子晴，妳願意嫁給賴彥翔先生為夫，無論是順境或逆境、富有還是貧窮、健康還是病痛，一生一世都能愛他、照顧他、尊重他嗎？」

我屏息以待，期待著賓客手上拉炮齊放的最高潮。

子晴甜甜一笑，看著我，慢慢地輕啓朱唇。

我拿著閃閃發亮的戒指，等待套上子晴纖手的重要時刻。

「我願……」子晴說了兩個字，卻突然皺起眉頭。

「嗯？」我忍不住輕呼。

「我……」子晴微歪著頭，半閉上眼睛。

「嗯？」我納悶。

「嗯？」連牧師也感訝異。

此時賓客間有些騷動，嗡嗡嗡嗡的竊竊私語十分惹人厭。

我心裡一陣慌，難道是子晴故意逗弄我？

「來賓請掌聲鼓勵！」Sharkman突然拍手，高聲大喊：「我願意！我願意！我願意！我願意……」

教堂前頓時響起節奏有致的擊掌聲，眾人在Sharkman的帶動下一起大喊「我願意」，彷彿是預先套好的婚禮節目。Sharkman真是值得信賴的好夥伴，急中生智替我解圍。

但子晴卻緊皺著眉，閉上眼睛，身體微晃著，口中喃喃空唸著。我很著急，不曉得子晴究竟是怎麼一回事，但表面上仍強自微笑，假裝子晴的反應其實是我倆吊胃口的安排。

「怎麼了？」子晴的爸爸忍不住問道。

子晴手中的玫瑰花束突然脫手墜地，猛然瞠大眼睛，縱聲尖叫！

就像怪異的連鎖反應，賓客手中的拉炮竟紛紛響應子晴莫名其妙的尖叫聲，劈哩啪啦歡炸開來，彩帶衝向天際。

子晴往前抱頭撲倒，我慌然跪地接住失態的新娘子。

「啊～～～～～～～」子晴的身體劇烈抽動著，掙脫我的懷抱。

子晴的爸爸嚇得跌坐在地，竟沒幫忙抓著子晴，任子晴像撒上鹽水的蝸蝓般在地上彈動著。

我也嚇傻了，賓客轟然不知所措，還有人大叫「快叫救護車」，現場亂成一片，牧師鐵定沒有遇過這種事，居然倒退了兩步唸起聖經來。

「子晴！妳怎麼了！」我大叫，抱住似乎承受了極大痛苦的子晴。

但子情竟以無法理解的巨力推開了我，在地上滾來滾去，嘶聲咆哮著。

「啊～～～我好痛啊～～痛～～～～～」子晴張大了嘴，終於喊出字句，我驚詫萬分，大喊：「前野開跑車來！」趕緊再用力抱住她的身體，說什麼也不讓她將我推開。

「我好痛啊～～～啊～～～～」子晴哭喊著。眼淚跟鼻涕洶湧地溶掉臉上的妝，她的頭髮被手指抓散，我趕緊抓住子晴的雙手，卻見她的指甲已經因為用力過猛而斷裂，手指流出縷縷鮮血。

這可怖的痛苦樣貌，怎麼……怎麼……怎麼那麼像……

像嘉玲！

「子晴！」我慌張大叫，卻不知如何是好。

怎麼會這樣呢？不可能的！子晴的腦波只針對我進行調整啊！

這已經確實設定好了，連續四個多月來都沒事啊！

子晴的頭用力地撞向撲滿粉紅色花瓣的地上，我趕緊用手接住子晴的頭阻止她瘋狂的舉動，卻猛然發覺手上溼溼黏黏的。我仔細一看，原來是子晴的鼻血！

子晴的鼻血汨汨流出，痛苦地尖聲哭嚎。

很快地，子情的聲音啞了，只剩下無聲的吶喊。

我瞧著她緊閉著雙眼，張大嘴抽抽噎噎地哭著，痛苦異常：「天啊！怎麼會這樣！」

怎麼會這樣！

怎麼會這樣！

怎麼會這樣！

賓客的紛亂，牧師的驅魔咒，小孩的哭泣聲。

心愛的人失去痛苦掙扎的力量，無助地癱在我懷裡，哭著，痛著，不停流著鼻血。

怎麼會這樣！

怎麼會這樣！

怎麼會這樣！

我哀慟地哭著，抱起子晴，想衝進掛好銅罐鋁罐的新婚跑車趕去醫院急救。

前野連滾帶爬地擋在我前面，我一把推開他，他卻神色倉皇地拚命搖頭。

「走開！」我大叫，我感覺子晴的痛苦不停加劇。

「衛星掉下來了！」前野拿著手機，咬著牙說。

「什麼？」我啞然。

「衛星掉下來了！」前野額上的汗珠抖落，咬牙重複著：「這是公司的最新消息！」

衛星掉下來了？！

好好的懸在半太空，怎麼會掉了下來！

「怎麼可能！」我憤怒地大吼，子晴的頭又一陣劇烈搖晃。

此時宗昇也朝著我猛點頭，手裡也拿著手機聆聽著什麼。

同時間Ken跟Sharkman的手機也響了，難道真是公司的緊急通報？

「你自己聽！」前野喘息著，將手機遞給我。

我一拳將手機揮落，抱著子晴衝向迎娶跑車，快速自後座皮椅下的暗櫃中抽出Powerbook，按下超快啓動鍵，電腦立刻進入麥金塔作業系統。

前野幫我扶著子晴，其他賓客則陷入可悲的焦慮，團團圍住我們。

我急速冷靜下來，手指正確無誤地飛梭在鍵盤上，迅速通過層層密碼設定，一下子就進入與SONY衛星溝通的畫面。

「你……你們兩個做了什麼！原來……」Ken在跑車旁看著電腦螢幕，詫異地說。

「住嘴！」我大吼，拼命地按著Enter鍵，但畫面依舊停在一行字。

「對不起，您與衛星失去連線，請查詢您的通訊協定是否正確，或確認衛星已經啓動。」

我不放棄，瘋狂擊打著Enter鍵，前野嘆道：「沒用的。」

我憤然將電腦摔向賓客群，搶過鼻血不止的子晴，向前野怒道：「快做點什麼！」

前野喪氣地看著我。

宗昇、**Ken**、**Sharkman**全都圍在身旁。

他們馬上就了解現在是什麼情況，默然無語。

其實我也知道現在做什麼都……都太晚了。

這全是自動鎖定系統！

全是該死的自動鎖定系統！

子晴腦內的M晶片失去與衛星的聯繫，就等於失去跟我腦內M晶片的間接聯繫，子晴腦內的晶片無法通過衛星知曉我腦內晶片的位置，鑲在子晴的晶片上的自動鎖定系統便急速加強能量，好自行搜尋、鎖定我腦內晶片在這世界上的位置，並進行調整。

這可是極大的能量負載！子晴怎麼負荷得了！

而可悲的是，我一直以爲自己可以在危急的情況下，關掉子晴與我的戀愛頻道，但我萬萬沒料到衛星居然會離奇地摔下，但……停止晶片的命令從一開始到現在，都是完全仰賴懸在地球軌道上的SONY衛星啊！

我完全無法阻止……爲了偵測我腦內晶片的位置，而不停釋放出極高能量的自動鎖定系統！

除了一個辦法。

「快！去醫院開刀！」我大叫著：「前野你開車！」

但前野低頭不語，**Ken**冷然站在一旁，**Sharkman**臉色蒼白，宗昇則不停搖頭。

「來不及了。」宗昇的眼眶紅了。

「來不及什麼？快把我女兒送去醫院！」子晴的媽媽哭鬧著，推開人群。

但宗昇是對的。

宗昇的醫療團隊在阿富汗開了上百次的刀，他非常清楚手術所需要的時間。

「手術至少需要四小時，那時子晴早就……就算，就算及時把晶片取出來，子晴的腦細胞受損的程度也無法回復了，她會變成植物人的。」宗昇嘆道，說：「但終究沒別的辦法，到實驗室去吧。」

「前野！快去把那兩個密醫叫來！這次只給你一小時！多少錢都沒關係！」

我哭著，吼著，痛苦著。

「他們在日本，根本……」前野一拳捶向自己，大叫：「讓我跟宗昇聯手！好歹也要試一試！」

「試什麼啊！啊！天啊！」我哭叫著，懷中的子晴已經意識迷濛。

鼻血跟咬破的唇血染紅了潔白的新娘禮服，我無力跪倒，不讓其他人接近子晴。

子晴的臉已經不再扭曲，也不再哭泣，她安安靜靜地在我懷中沉睡。

「把女兒還給我！」子晴的媽叫著。

「快送去醫院！還死抱著她做什麼？」子晴的爸大叫。

「救護車快來了！」著急的女聲。

「醫院醫院啊！」嘶吼的男聲。

我抱著子晴，緊緊抱著，不讓任何人接近。

因爲我想聽清楚，子晴微微開闔的紅脣，到底在說些什麼。

「安靜!安靜!安靜!安靜!」我歇斯底里地大吼。

圍在跑車旁的人群終於停止紛擾的噪音。

「妳想說什麼?」我流著眼淚，將耳朵貼在子晴的嘴旁。

也許，這是我最後一次聽見子晴的聲音了。

子晴的氣音微弱如絲，但我仍清楚地聽見，那令我墜入愛情地獄的三個字。

「我……願……意……」

我痛哭，懊悔不已。

此刻我多希望，自己站在廣大的賓客群中，看著子晴戴上孟修的戒指，兩人在牧師前許下終生愛的承諾。至少，子晴不會像現在這樣子，像這樣子!

「爲什麼我那麼笨……」我心中的痛苦無以復加。

子晴所承受的焦熬與痛苦，全都是我強加在她身上的。

「快!也許……說不定還來得及!」前野囁嚅著。

所有的一切都毀滅了，一切都不再重要，一種怪異的寧靜籠罩著我。

「是嗎？」我淡淡地說。

子晴的耳朵正流出深褐色的血，慢慢的，慢慢的。

「從一開始，我跟子晴之間，就註定是個悲劇嗎？」我微笑。

眼淚卻一滴滴，一滴滴，滴在子晴的臉上。

子晴無言，只是重複著我期盼一生的誓言，她的眼睛睜不開，她的耳朵聽不見。

「嗯？妳說呢？我們之間只能是悲劇嗎？」我看著子晴，溫柔地梳理著她的秀髮。

子晴沒有說話。

「不會的，對不對？」我吻著子晴軟軟的嘴唇，說：「遇見了妳，是我這輩子最大的幸福。」

我放下子晴，放下那個我這輩子唯一愛過，唯一疼過的女孩子。

我願意，用我所有的一切得到她的芳心。

尊嚴、財富、時間。

還有生命。

只有爲妳，這是我最後愛妳的方式。

我走出人群，走到草地上的噴水池座旁。

我回頭看著子晴，圍繞著子晴的紛擾人群彷彿不存在。

我的視線穿透一切，穿透沒有愛情的事物。

看見子晴躺在地上，穿著雪白的新娘禮服，那是子晴特別爲我穿上的。

因爲今天，是我們結婚的日子。

「我人生最美好的時間，都在妳身上，妳陪我畫出最美麗的人生地圖。希望有一天，妳能夠親口跟我說，我們之間……」我流淚說：「我們之間，不都是假的。」

子晴的眼角流下眼淚。她聽見了。

「謝謝妳。」我笑了。

依稀，噴水池的水紅了。

子晴披戴著白紗、捧著鮮紅玫瑰輕輕笑著，她坐在白色小教堂前鋪滿粉紅花瓣的小徑上，閃亮的細長眼睛好美麗，在清澈皎藍的天空下娓娓向我訴說她的情意。

我坐在開滿小黃花的草地上，好開心地聽著。

這是個美夢，是個好兆頭。所以我讓這個夢重複了好幾次。

那是我跟子晴結婚的日子。

那一天，子晴爲我披上白紗，是我的新娘子。

最美麗的新娘子。

終章：在這美麗的星空下

那是個有著很美月色的夏夜。

窗戶外吹來宜人的晚風，也帶來新鮮的青草味道。

「你最後救了子晴？」我問。

我替他難過，這實在不是個美麗的愛情故事。

他坐在樹上，看著我遞給他的香菸。

他並不抽菸，他戒了好幾年了。

他只是把菸放在樹枝上，就這樣放著，默然看著它將自己給燒死。

「我死後，我腦袋裡的M晶片自然停止運轉，子晴腦中晶片的自動鎖定系統偵測到我的腦波消失，便停止運轉，慢慢回復到子晴原本的腦波。」他欣慰地說。

「子晴沒事吧？」我躺在藤椅上，敲著Powerbook G8。

「嗯，休息兩個月後就出院了。」他閉上眼睛，彷彿又回到了從前。

他的手中反覆玩弄著一條朱紅色的棉線，打了個結，又解了開來。

關於他手中紅線的故事，我記得在二十幾年前聽過一個。

「所以你當了月老，從此爲子晴尋尋覓覓好男人？」

「恰恰相反。」

「嗯？」我停止敲鍵盤，好奇地看著他。

「我是個不負責任的叛逆月老。」他若有所思地說：「沒有任何人可以決定愛情的方向，沒有任何人有權力控制愛情，人不能，M晶片不能，月老也不能。」

我完全懂了，畢竟我是個小說家。

「因此你剪斷每一條綁在子晴身上的紅線，只爲了讓她享有完全純淨的愛情。」我看著他腰上的斷情刀。而且，身邊也沒有搭檔。

「沒錯。」他笑了：「不只如此，我還剪斷所有我看見的紅線。這就是我當月老的目的。」

「反正你不打算投胎，是嗎？」我哈哈大笑。

「也不是。」他深深吸了口氣：「我在等子晴，希望下輩子我的人生地圖裡還是有子晴陪著我。」

我的眼睛溼溼的。

「子晴現在過得怎樣？」

「上個月剛生了個女兒，很幸福。」他說，臉上帶著溫暖的笑容。

「眞好。」我笑。

「眞好。」他笑。

「也許下輩子的你，已經學會了祝福。」我說，將這句話敲進電腦裡。

「再見了。」他起身，向我揮別。

「再見了，記得幫我向黑人牙膏跟粉紅女問好。」我大聲說道。

他點點頭，隱沒夜空中。

我趴在窗戶上，看著遠方屋頂上坐著一對正在聊天的月老。

至今，戀愛的掌控權還是綁在月老界。

我有些懷疑，當年 SONY 衛星無端墜落，是否會是月老界搞的鬼？

是不是月老爲了跟人類爭奪戀愛的控制權，索性將搭載M晶片電波的衛星踹了下來？

而前野呢？是否會發明不需要衛星定位的晶片，繼續蒐羅一夜情？

Ken 呢？他最後解救了半瘋半睡的嘉玲了嗎？

「結果都不會快樂的。」我自言自語，闔上電腦。

夜已深。
樹枝上的菸依舊燒著。

The End

九把刀

紅線

國家圖書館出版品預行編目資料

紅線／九把刀著. - 二版.- 臺北市：春天出版國際文化有限公司, 2021.12
面；　公分. --（愛九把刀；08）

ISBN 978-957-741-484-7（平裝）

863.57　　110020817

作者◎九把刀．作家經紀／活動洽詢◎群星瑞智藝能有限公司（02-55565900）．總編輯◎莊宜勳．封面繪圖◎恩佐．封面設計◎克里斯．排版◎浩瀚電腦排版股份有限公司．發行人◎蘇彥誠．出版者◎春天出版國際文化有限公司．地址◎台北市忠孝東路四段303號4樓之一．電話◎02-7733-4070　．傳真◎02-7733-4069．E－mail◎frank.spring@msa.hinet.net．網址◎http://www.bookspring.com.tw．部落格◎http://blog.pixnet.net/bookspring．郵政帳號◎19705538．戶名◎春天出版國際文化有限公司．法律顧問◎蕭顯忠律師事務所．出版日期◎二〇二一年十二月二版．定價◎250元．總經銷◎楨德圖書事業有限公司．地址◎新北市新店區中興路二段196號8樓．電話◎02-2219-2839．傳真◎02-8667-2510．印刷所◎鴻霖印刷傳媒事業有限公司
Printed in Taiwan　ISBN 978-957-741-484-7

S P R I N G

每一本好書都是一顆種子，
春天播種在你的心田夢土上。

Spring

S P R I N G

每一本好書都是一顆種子，
春天播種在你的心田夢土上。

Spring